在時光的縫隙中追尋真相

每一段回憶都是解開謎團的鑰匙

本案無法終結

BONES MYSTERY

白骨謎案

肖建軍　著

突然病死的男子、在租屋處被殺害的女孩、神祕失蹤的老師……

一具埋藏 60 年的白骨突然重見天日，死亡事件接二連三的發生

「這是一起凶殺案，而且手法非常凶殘，這個應該沒有疑義吧？……

不論花多大的代價，就是追到天涯海角，也要找到這個魔鬼。」

目錄

第一章　白骨謎案……005
第二章　不可饒恕的魔鬼……033
第三章　沉冤六十載……061
第四章　會跑的人頭……091
第五章　「活化石」的回憶……125
第六章　酒國公主之死……157
第七章　變異的病菌……189
第八章　仇殺？情殺？……217
第九章　「完美」的失蹤案……245

第一章　白骨謎案

日本千葉縣山武郡九十九里町。

一個男子站在海岸邊，眺望著湛藍的大海。他佇立良久，任憑太平洋的海風吹拂臉龐，內心的思潮如怒濤一般洶湧，回顧這一年來的跨國偵查經歷，他百感交集，感慨萬千。這案件包含著謎中謎、案中案，而隨著調查的深入，其涉及的深度已遠遠超出了普通刑事案件的範疇，甚至讓他這個經驗豐富的刑警都感到不寒而慄！他習慣性地點燃了一支香菸，讓自己平靜下來，把腦海中翻騰的思緒從頭整理……

一切都是從一年前的那個星期天、從那具60年後重見天日的屍骨開始的。

2010年8月15日，星期天。

河山市位於東南部，是一座鍾靈毓秀的歷史文化名城，城市依山傍水，寧靜祥和。

曹元明在河山市立醫院辦理入院手續時，並沒有覺得這天有什麼異常，醫院裡一如既往地人聲嘈雜，瀰散著消毒水的氣味。他來到一般外科，護士量血壓、測體溫，床位醫生交代各種注意事項並簽字。他換好病人服，躺在病床上，雙手枕頭望著窗外的天空，那天凌晨下了一場雨，天亮時分，滿天的陰霾散去，立秋後的天空碧藍如洗，金燦燦的陽光普照大地，明媚宜人，因為剛降雨的緣故，氣溫不高，正是旅遊的好天氣。本來答應兒子在這個暑假要帶他去迪士尼樂園玩的，但自己一直沒時間，現在又住院了，他想到這裡，無奈地搖了搖頭。

妻子汪敏把裝有換洗衣服的包裹塞進壁櫃，拎著熱水瓶去裝水，她臉色沉重，憂心著明天的手術。自從曹元明因反覆消化道出血診斷為胃竇部巨大潰瘍後，汪敏一直憂心忡忡，特別是醫生的告誡「這種胃潰瘍有惡性可能」猶如鳴鍾不時在她耳邊響起，令她心驚肉跳。

曹元明安慰妻子：「醫生都是把病說得嚴重一點，我問過鄒衍，他說癌症的可能性很小，做手術是為了保險，其實吃藥也可以。我這個人，就是命大福大，妳呀，就別擔心了，不就是個手術嘛，又不是鬼門關，鬼門關又怎麼樣？我當刑警這麼多年，鬼門關前面的路都摸熟了，哪回出過岔子？」

汪敏臉一板：「還說！你這病就是當刑警累出來的！不管手術結果怎麼樣，你以後都別在刑警隊工作了。你神經大條，我長年擔驚受怕可吃不消。你要是有個三長兩短，我和孩子怎麼辦？」說著眼淚就出來了。

曹元明從床上下來，掏出手帕替妻子擦眼淚：「妳看妳，怎麼像開追悼會似的，退一萬步說，就算手術切下來是癌，也是可以治的嘛……」

汪敏嚇了一跳，趕緊捂住他的嘴：「你瞎說什麼？」

曹元明輕輕打了自己一個巴掌：「好，再也不瞎說了！我命大，肯定沒事。福大嘛，是有妳這麼個好老婆。」說完伸手去摟妻子。

汪敏氣鼓鼓地推開他：「別跟我嬉皮笑臉，這次你要是不離開刑警隊，我們就離婚！」

「嫂子，你這是要跟誰離婚啊？」一個穿白袍的帥氣男子推門走了進來，他是市立醫院一般外科的醫生鄒衍，是曹元明的哥兒們。

汪敏抹了一下眼淚，說：「鄒衍來了，你們哥倆兒聊，我去裝水。」她出了門，還是不放心，把鄒衍拉到走廊的一角，「明天手術不會有什麼事吧？我爸就是得胃癌去世的，症狀跟他很像，都是喝酒，然後出血，一開始做胃鏡也說是潰瘍。我真害怕，我本來親人就少，他要是有個意外，我真不敢想……」

鄒衍笑著說：「都說過多少遍了，有我，還有我爸呢，我們父子齊上陣，手術室、麻醉科、病理科，一圈都打過招呼了，這種手術我們見多了，嫂子妳就安心好了。」

鄒衍的父親鄒和平，是市立醫院的院長兼一般外科的主任，由於快到退休年齡，剛從行政職位上退下來，他手術精湛，遠近聞名，人稱「神刀鄒」，很多病人求他開刀而不得。鄒衍耳濡目染，從小立志當外科醫生，讀醫學院時就利用假期回來跟父親學做手術，醫學院畢業時就能熟練完成闌尾炎、腹股斜疝之類的簡單手術，研究所畢業後回到河山市立醫院工作，在父親悉心指導下，幾年來已深得真傳，一把手術刀玩得駕輕就熟，大有青出於藍而勝於藍之勢。他今年35歲，剛晉升副主任醫師，正是春風得意之時。

汪敏稍稍放心，說：「元明幸虧有你這麼個好朋友，真不知該怎麼謝謝你和鄒院長。」她看四周沒人，悄悄把一個厚厚的紙包塞到鄒衍口袋裡。

鄒衍滿臉不悅，把手一擋：「嫂子，這可見外了啊！自己兄弟嘛，我幫點忙理所應當，他的事就是我的事。換句話說，我今後要是有什麼事，我大哥也絕不會不管不問。妳這麼做，不是打我的臉嗎？」

曹元明和鄒衍從小學到中學都是同學，情同手足，曹元明大鄒衍兩歲，兩人以兄弟相稱。

汪敏聽了十分尷尬，連聲致歉。

病房裡，鄒衍拉著曹元明聊天，明天就要手術了，這樣可以緩解一下曹元明的壓力。

「這些天請病假，不用辦案，你都忙些什麼？」

「我可沒閒著，在電腦裡調看罪犯的檔案照，研究不同類型罪犯的面相。」

「警察也看相？」

「當然，相由心生，這話你總聽過吧？殺人犯、強姦犯、竊盜犯、詐騙犯，各有各的特點，只要歸納總結起來，瞄上幾眼就能斷定對方是哪種人。」

「你很無聊，不過我喜歡，繼續吹。」

「這可不是吹牛，跟你們醫學一樣，從經驗中摸索規律。」

「那是過去的經驗醫學，現在都講實證醫學，你們警察辦案不也越來越講究證據嘛！」

「對，實證。但我這個既不是西醫，也不是中醫，是偏方，但能治大病……」

「得了得了，那你替我看看相。」

「你小子，一看就是色狼一個，老實交代，作案幾次了？」

「高見啊，現在坦白來得及從寬嗎？」

「交代吧，姓名，職業，住址。」

「你不是會看相嘛，你看我像幹嘛的？」

「獸醫。」

「神了，我專替四條腿的開刀下藥。」鄒衍拍了一下曹元明，一臉壞笑。

「你錯了，我說的是像野獸一樣的醫生。」

兩人正聊天打屁，這時一個護士慌慌張張地進來了，說：「鄒醫生，不得了了，醫院後面挖出了人的骨頭，嚇死人了！」

鄒衍不以為意：「這裡是百年老醫院，挖出個骨頭有什麼大驚小怪的？說不定是哪一年丟掉的手術截肢，過去管理不嚴，這不稀奇。」

護士說：「不是啊，施工人員一開始挖出幾根骨頭也沒在意，後來又挖出了骷髏頭，這才覺得不對，就打 110 報警了。」

職業的敏銳度讓曹元明來了精神，站了起來，問：「在哪裡？」

護士指著窗外說：「就在那邊。」

曹元明走到窗邊，打開窗戶，順著指的方向望去，住院部外科大樓西北一角矗立著一幢歐式建築的老樓房，旁邊看來是個施工現場，幾個頭戴安全帽的工人正和趕來的醫院高層大聲說著什麼，由於圍滿了人，裡面什麼情況看不到，沒辦法，人們都愛看熱鬧，很多人都不懂得保護現場。很快，區域派出所的警車到了，下來幾個警察，疏通人群，開始勘查現場。

這幢老建築是市立醫院的前身「慈康」教會醫院留下的，人們俗稱其為「八角樓」，有近百年歷史，已經停用二十多年了。

曹元明問鄒衍：「醫院正在施工？」

「是啊，要整個搬遷了，剛開始動工。」

「真的要搬遷？」曹元明有些奇怪，外科大樓剛翻新裝修過，病房的床頭櫃和壁櫃還散發著淡淡的甲醛味。

「搬到城北開發區，市府在那裡劃了一大塊地皮給我們。搬遷是大勢所趨啊！於公來說，這是醫院發展的需求，你看在這市中心，地方太小，門診人擠人，來看病的永遠找不到停車位，想住院沒床位還要排隊，無法充分發揮醫療效能；於私來說，這是政府的需求，進行這種大規模建設，他們也有面子。」

「這可是個大新聞，前陣子剛聽到一點風聲，沒想到這麼快就動工了。」

「市長拚政績需要錢嘛！我們這個老醫院地理位置沒得說，市中心寸土寸金，我們走了，把這空地拍賣出去，市政府能大賺一筆。這不，買家都談好了。」

「哪家金主有這麼大實力？」

「金鵬地產，背後有海外資本的支持，據說大股東是世達國際投資公司。」

「世達公司？」曹元明在腦海裡搜尋了一遍，這是個陌生的公司名稱。

「這個公司是在香港註冊的，最近開始大舉進軍內地。」鄒衍看來對土地交易的內幕很了解，皺眉說：「剛動工就挖到屍骨，可不是吉利的兆頭。」

「嗯，看來事情有點大。」現在，曹元明看到城南分局刑事警察大隊的車也來了，重案中隊的幾個人下了車，都是朝夕相處的同事，看來是接到了派出所員警的電話。派出所負責治安管理，不負責刑事案件。他們在現場拉上了黃色警戒線。

接著駛來的是市警局的警車，刑事人員提著工具箱一路小跑過去。

「瞧這陣勢，是不是出大事了？」鄒衍問。

曹元明點了點頭：「猜想是命案，有命案，市警局的偵查人員就必須到現場，分局的技術只能在一旁敲敲邊鼓。」

「是殺人案？」一旁的護士驚訝地問。

「現在還難說。」曹元明去摸手機，想問問情況，但口袋是空的。

「找這個是吧？我關機了！」汪敏站在門口，晃了一下手裡的手機。

曹元明才想起換病人服時手機已經被妻子收走了，無奈地苦笑了一下，出了大案，戰友們正在忙碌，自己卻在一邊袖手旁觀，還真不習慣。

「外面就是翻天了也跟你沒關係，記住，你現在是個病人！這手機，我沒收了。」汪敏一臉的鐵面無情。

曹元明的手術很順利，做了胃大部切除術，送檢病理證實是良性潰瘍。看到病理報告後，汪敏長長舒了口氣，連步伐都變得輕盈起來。

曹元明說：「怎麼樣，可以宣判我無罪釋放了吧？」

汪敏堅持說：「不行！醫生說了，你還要定期檢查，這個病就是當刑警造成的，要根除病因就得辭職，你總不能讓我擔驚受怕一輩子吧？」

汪敏的姨父是市政府建設局規劃主任，和市警局交警分隊的高層是老同學，走這層關係，說好讓曹元明今年調到市政府機關坐辦公室，管管檔案、報表，輕輕鬆鬆做到退休。

見曹元明沒有答話，汪敏坐到丈夫身邊，拉著他的手柔聲說：「元明，你就聽我這一回吧！你又不是不知道我姨父找人費了多大功夫，正好藉這次生病的機會走人，手續都備齊了，就等通知。你這些年的貢獻夠多了，立功受獎哪樣都不缺，就算離開刑警隊也是光榮的。我這都是為了你，為了我們這個家。坐辦公室，至少能按時上下班，光這一點就比什麼都強。」

曹元明刮了一下妻子的鼻子，沒有反駁她。

汪敏點了一下他的額頭，笑靨如花：「聽話才是好孩子。」

妻子走後，曹元明望著天花板，一時有些感慨：「我這個法政學校的老畢業生真要放下槍退居二線了嗎？頂著各種壓力、冒著生命危險、顛三倒四的狀態，全身各種難熬的職業病……真要告別這種生活了嗎？」回想起多年職業生涯的風雨，彷佛都化作了煙雲，就如同刑警隊沒白沒黑飄散不絕的香菸煙霧，揮之不去，散之不盡……

這天，城南分局刑警隊的教導員杜峰，帶著內勤的女警小陸，提著花籃水果來看望曹元明。

杜峰先找醫生問了病情，向曹元明夫妻倆轉達了隊上長官和全體同事的問候，說：「很多同事要來看你，我說慢慢來，你剛做完手術，需要靜養。上頭馬上要來考核評定了，臧隊長正在忙這件事，先讓我代表大家來看你，他一有空就過來。」

曹元明說：「謝謝局裡和同事們的關心。隊裡夠忙的，公事要緊，就不要為我耽誤時間了。」

兩人聊了幾句，都是客套話，氣氛不冷不熱，有點微妙。

杜峰使了個眼色，小陸拉著汪敏的手說：「嫂子，我們去外面說個話好嗎？」

汪敏心領神會，點了點頭，瞪了曹元明一眼，意思是說：「你可要聽我的話！」

病房裡就剩下曹元明和杜峰兩人。

杜峰拿起一個梨子削好皮，遞給曹元明：「元明，看到你手術順利，恢復得不錯，我和臧隊長都安心了。」

曹元明說：「杜教，我們同事這麼多年，你有什麼話直說好了。」

杜峰輕輕咳嗽了一聲，說：「市政府人事處的閻處長傳話給我，你的調令不久就會下來。」

曹元明要調離刑警隊的事一直沒有向大隊透露，雖然有人傳出一點風聲，但大隊長臧進榮沒當回事：「元明跟我在一個隊裡這麼多年，我了解他，他不是孬種，不會當逃兵，不要捕風捉影！」現在事實擺在面前，身為領導的大隊長和教導員，心裡是什麼滋味，可想而知。

曹元明心中五味雜陳，想辯解幾句，又想表示歉意，但覺得任何話都是蒼白的：

「杜教，我……」

杜峰擺了擺手，溫和地說：「別說了，我和臧隊長都明白。你的身體確實需要好好休養，去政府機關是好事情，去了那邊，只要好好做，前程更加遠大。今後大家還是同事嘛，刑警隊就是你的娘家，有空常回家看看。」

此時，曹元明聽了這番話，竟然對自己即將逃離的刑警隊產生了一種難捨之情，這個伴隨自己十多年的職位，那亂糟糟的辦公桌上布滿了往日的酸甜苦辣，有榮耀、有恥辱、有痛心、有懺悔，更多的是道不出、說不明的滋味積壓在心頭……

他想打破這個尷尬的氣氛，問：「杜教，上星期天，就是我剛住院那天，這個醫院裡挖出了人的屍骨，我看到隊裡的人還有市警局的偵查人員都來了，究竟是什麼情況？」

杜峰微笑了一下：「你不當刑警實在有點可惜。」隨即臉色轉為凝重，「這是一具男性屍骨，初步認定死亡時間超過了五十年。」

「這麼久？」

「是啊，那時候我們可都還沒出生呢！」

「那屍骨的身分已經無法確定了?」

「不，第二天，就有人聯繫我們，說他們有個失蹤了六十年的親屬，懷疑就是這具屍骨。」

「60年……那就是1950年了……這麼快就有人認領，這事有點蹊蹺啊！」

對於白骨化的屍骸，哪怕只過去幾年、十幾年，要確定其身分都是件十分頭疼的事，何況是一具60年前的白骨?這具白骨發現的第二天就有人來認領，更是奇怪，難道冥冥之中此人已經認定了這具屍骨會在此時此地出現?

「不光是這個，這具白骨還有更蹊蹺之處……」這時，杜峰的手機響了，他按下接聽鍵，「嗯，是的……是有這麼回事……老兄，有人舉報，我們刑警隊不能不管啊……我知道，但這件事比較難辦，行動時一堆記者跟著，人贓並獲……凡事都有個限度，只怪這位老闆玩得太出格了……對，這個我會和臧隊長商量……」他放下手機，對曹元明說，「不巧，我還得趕回隊裡去，今天就不多聊了。」

曹元明問：「又出什麼事了?」

「昨晚臧隊長親自帶隊，臨檢了『天馬』夜總會，當場抓了十幾個聚眾吸毒淫亂的現行犯。這不，一大早說情撈人的電話就來了，面子還挺大。」杜峰一邊說一邊站了起來，「你什麼都別多想，安心養病就行。」出門和汪敏告辭，匆匆而去。

刑警免不了和三教九流打交道，時間一長，各方面的關係都有，這對開展工作帶來了很多便利，可以說，沒有一些旁門左道的路子，有的案子就破不了。但話也說回來，一出了事，各種說情和通融的電話又接踵而至，這就要看如何掌握這個分寸了，裡面水很深，太偏左，一點情面都不給，那也說不過去，但是，觸及到讓刑警出面的事情就沒有不棘手的，太偏右，一碰高壓線就把自己賠進去了。對此，曹元明深有體會。

術後一星期，曹元明康復出院了。

汪敏說：「這次多虧了鄒衍和鄒院長，我們出院後得請人家吃頓飯，不然過意不去。」她悄悄說起鄒衍拒絕紅包一事，曹元明「嘿」了一聲，說：「妳可真傻，醫生有三種紅包不收，一是有關係的人，二是病情複雜的人，三是面相狡猾的人。」

汪敏嗔道：「你和鄒衍經常瞎扯，醫院這些事你倒清楚，可是又不跟我說，弄得我一臉尷尬。」

「妳是一臉狡猾，他才不敢收。」汪敏作勢要打人，曹元明一笑躲過。

曹元明和鄒衍常聊起各自行業的種種見聞，也都喜歡聽對方講故事，警局和醫院，都是展現人生百態的地方。

辦出院手續時，曹元明看見一名穿便衣的老刑警從藥局那邊過來，忙迎了上去：「師傅，您來看病啊？」

這位老刑警名叫陶鴻，他面色蠟黃，眉頭緊鎖，見到曹元明，他把手裡的處方和病歷放進衣袋內，說：「元明出院了啊，好事。」

「師母燉的鴿子湯大補啊，我好得能不快嘛！」曹元明問，「師傅，我看您臉色不大好，什麼病？」

陶鴻一擺手：「沒什麼大不了的，年紀大了，身體難免出點小毛病。你怎麼樣？」

「手術很順利，潰瘍是良性的，康復得差不多了。」

「那就好，這次隊裡幫你批了長假，難得啊，好好休養一下。」陶鴻舒展開眉頭，「抽個空，我們倆吃頓飯，我請客，以後見面的機會就少了。」

剛參加工作的刑警，都會跟個師傅以累積辦案經驗。曹元明畢業後來到城南分局報到，成為一名偵查員的第一天起，跟的就是陶鴻。四年後他便被提拔為副隊長，師傅成了他的下級，可還是一如既往地教他，把從警幾十年來的豐富經驗以及做人的道理通通毫無保留地傳授給他。陶鴻現在五十多歲了，快要退休了，但是，隊裡抓獲的重大案犯他都要主動請纓參加審訊，而且一審就是通宵達旦。曹元明從師傅身上看到了什麼叫做忠於職守，此時聽到師傅這話，是要請自己吃頓分手飯，真有點無地自容。

陶鴻看出了曹元明的尷尬，拍了拍他的肩膀，說：「人各有志，師傅不攔你，只是為你惋惜。刑偵工作要有扎實的理論基礎，還要靠實踐來累積經驗，你是正經八百的科班出身，又在刑警隊摸爬滾打多年，年富力強，正是建功立業的時候啊！去了政府機關，也不一定好，刑警隊的弟兄們說話直爽，勾心鬥角的事少，機關裡辦事說話都得察言觀色，那些人功夫都在肚腸裡，你去了未必好受。」

曹元明聽了，黯然不語。

陶鴻半開玩笑地說：「昨天碰到大黃，還問我，你有沒有興趣去他那裡工作，你要是去，月薪四萬起跳。」

「大黃」是黃利平的綽號，他原來也是城南分局的偵查員，後來辭職開了一家私家偵探所，利用自己常年經營下來的社會關係，生意做得風生水起，現在到分局辦事都是一身名牌，戴名錶，開名車，著實風光。

曹元明的內心其實也動過辭職的念頭。他是法政大學畢業的，幾年前就考取了律師資格，一是想證明一下自己的實力，二來確實有點替自己留條後路的意思。工作這麼多年，刑事法律相關的人脈也累積起來了，當律師未嘗不是個好選擇。

「海闊憑魚躍，天高任鳥飛。你們年輕人路越走越寬，我們這些老人，要跟不上了。」陶鴻自嘲地搖搖頭。

曹元明苦笑了一下，心裡還是記掛著幾天前那具蹊蹺的白骨，問：「師傅，我住院當天這裡挖到一具白骨，您知道詳細情況嗎？」

談到案子，陶鴻頓時來了精神，說：「這可是個謎案，奇怪之處很多，有意思。」掃了一眼亂糟糟的周圍，「走，我們換個地方說去。」

兩人來到醫院一角的小花園，這裡沒有旁人，很安靜。

曹元明問：「有哪些奇怪的地方？」既然師傅提到是「謎案」，那麼，這具白骨顯然不是病死或意外死亡。

「奇怪之一，是這具無名屍骨很快有人來認領。」

「嗯，是很奇怪。杜教曾跟我說起過，第二天就有人來認領了，說是死者的親屬，是60年前死亡的。」

「像這種幾十年前的屍骨，沒有殘留的衣物碎片和任何可以證明其身分的物件，要確定身分是很難的。60年前那個時代疏於管理，失蹤人口登記很不完善，現在根本無從查起。」

「認領人有證明屍骨身分的證據嗎？會不會是誤認？」

「奇怪的是，這不像是誤認。」陶鴻緩緩搖頭，「認領人提到了死者的右手缺了一根拇指，齊掌而斷，這個細節和屍骨的特徵吻合。下一步，就是提取屍骨的DNA做身分鑑定，這是關鍵。如果鑑定符合，那麼就能確定這具屍骨就是60年前的那個失蹤者。我們其他的暫且不說，能如此之快確定這具陳舊屍骨的身分，就是一個奇蹟了。」

曹元明想了一下，問：「屍骨缺了一根拇指？這麼說，其餘部分都非常完整？」

「對，所以這就帶來了更多的奇怪之處。」陶鴻掏出香菸，正要點火，看到花園裡「禁止吸菸」的牌子，又把香菸放回口袋，「全部骨頭都裝在一個中等大小的麻袋內，除了右手拇指，其餘骨骼一根不缺，包括頭骨、軀幹骨和四肢骨，連細小的尾椎都在。另外，現場還挖出了另一個同樣大小的麻袋，裡面是空的，但據法醫認定，這個麻袋裡裝的應該是內臟，只不過早已腐化殆盡。」

曹元明悚然一驚：「這是分屍，是凶殺案！凶手把死者的內臟掏出來，分裝在兩個不大的麻袋裡，為的是便於拋屍或者是藏屍……」

陶鴻點了一下頭，表示認同：「我們分析過死因。死者顱骨後部有骨折，有鈍器敲擊的痕跡，排除了意外死亡或自殺可能，可以確定是被害。至於可不可能中毒，由於年代久遠，理化檢驗結果不理想，不能確定。我們推測，凶手先是突然地從後方用鈍器砸倒了被害人，造成其顱腦損傷昏迷，再將其分屍。裝屍的袋子裡沒有發現衣服殘留的碎片，說明是裸體掩埋。」說到這裡，他眼睛裡怒火一閃，「可惡的是，屍骨的口腔裡殘留著朽爛的布纖維，這說明，凶手害怕被害人醒轉呼救，在他嘴裡塞上了布團，也就是說，在分屍時，被害人有可能還未死亡。」

「將活人解剖分屍！」雖然身處和煦的陽光下，曹元明卻感到一股寒意從頭灌下，雖然是發生於幾十年前的凶殺案，但其手段之殘忍，場景之驚怖，讓人不寒而慄！他長長地吐了口氣：「這裡成為醫院已經上百年了，屍骨在這裡發現，凶手會不會就是原來醫院裡的人？」

「這是最合理的推測。法醫說，從肢解屍骨的手法看，凶手是有這方面常識的，不是屠夫就是外科醫生，也只有他們才有這樣鋒利的工具。而且，屍骨按長骨、短骨、扁骨、不規則骨等分類疊放，排得整整齊齊，看來，這個凶手對此有一種特別的變態嗜好，可能不是第一次作案。」

曹元明回想了一下，河山市治安很安定，他從警十多年來，還從未見過性質如此惡劣的案件，不過，年代久遠，可能很多案子早已堙沒了，或者，類似的案子犯下後根本就沒被發現。他問：「師傅，以前我們這裡發生過這種案子嗎？」

陶鴻搖了搖頭：「1960～70年代發生過一起碎屍案，一個男人懷疑老婆不貞，砍下老婆的腦袋和四肢拋到河裡，案子很快就破了，和這起案件根本沒有可比性。」說到這裡長嘆一聲，曹元明知道師傅在嘆息什麼，即使確定這具屍骨就是60年前的那個人，現在還能把凶手怎麼樣呢？時間過去這麼久了，不可能立案，又能從何處追查呢？

師徒倆談談說說，就像是一個簡短的案情分析會。

忽然，從醫院急診方向傳來一陣喧鬧聲，聲音越鬧越大，一些醫院工作人員往那個方向趕去，一會兒，只見幾個人扶著鄒和平院長過來了。

曹元明和陶鴻一起過去，見鄒和平儒雅雍容的臉龐多了幾絲氣惱，平時梳理得整整齊齊的銀髮有些散亂，金絲眼鏡掉了一支腿掛在胸前，曹元明忙問：「鄒伯伯，怎麼了？」

鄒和平憤懣地說：「小曹，黑道勢力怎麼能這麼囂張？在醫院這樣的公共場所暴力打人，這是和諧社會嗎？真是豈有此理！」

曹元明知道又發生了一起嚴重的醫療糾紛事件，說：「您把情況說一下，我們向派出所報警。」最近這些年，醫療糾紛大有上升趨勢，醫療衝突已經成為一個常見的社會問題，警方每年都要處理多起類似的事件。

鄒和平說：「已經報警了……」

這時鄒衍趕來了，攙住鄒和平問：「爸，你沒事吧？」

鄒和平擺了擺手，說：「我能有什麼事？你們趕緊去看看趙主任他們怎麼樣了。」

曹元明和陶鴻對望了一眼，和鄒衍一起趕往急診。

他們趕到時，場面已經被城南派出所紀所長帶來的警隊控制住了，整個急診大廳亂糟糟一片，沒有一張完整的桌椅，連掛點滴專用的鋼製掛鉤架也被打彎變形了，地上到處是玻璃碎片和點點血跡，狼藉不堪，醫護人員都嚇得遠遠躲開。大廳門口還掛著寫有「庸醫草菅人命，討還命債，湯小輝死不瞑目」的布條，施暴的凶徒已經乘坐砂石車逃離了現場。

曹元明問起事情經過，一個急診護士說起：

上午10點左右，一群人手持鐵棍、十字鎬、扳手闖進急診，衝著正在替人看病的呼吸內科趙主任吼道：「今天你們誰也別想出這個門！」然後就把辦公室門重重地帶上了，開始毆打趙醫生，還讓他下跪。接著，這群人瘋狂地砸打窗戶、服務臺和醫療裝置，砸爛了急診大廳和收費處。醫院來了幾個保全增援，但是面對十多個持械的暴徒，他們手裡的鐵棍是工地上的螺紋鋼，頭上都削尖了，戳上一下不死也得去半條命，這些保全哪敢阻攔！今天值班的院長鄒和平聞訊趕來，暴徒一聽他是院長，幾個人就一擁而上將他推倒在地，根本不容他辯解，眾人趕緊把他扶開。有人打了110，叫來了警察，警察也被打傷，最後派出所長叫來了防暴警察，才趕走這些人。

趙主任被打成腦震盪，昏迷不醒，被推到ICU急救，另有十餘人不同程度骨折，派出所警員三人受傷。

曹元明皺眉問：「事情的起因是什麼？那個湯小輝是怎麼回事？」

鄒衍說：「這個人是一個發燒病人，兩個月前來我們醫院急診，由趙主任收治的，結果入院的當晚就死了。因為病人年紀輕，所以家屬就不能接受，硬說是我們把人醫死了，索要賠償400萬。」

「胃口這麼大？可以走法律途徑來解決這個問題嘛！」

鄒衍冷笑一聲：「這跟勒索沒什麼兩樣。他們申請過醫療事故鑑定，向法院起訴了我們醫院，要求醫院賠償經濟和精神損失費400萬元。鑑定中心做出醫院不存在過失、不屬於醫療事故的鑑定。一審是我們勝訴。這幫人不知從哪裡聽來的歪理，說什麼法律都是保護弱勢群體，按現在的『舉證倒置』法來審案，醫院不管有理還是無理都要賠償，這麼判決，說明醫院已經和法院串通好了。他們不甘心，又跟醫院談，降低了價碼，要賠250萬，我們還是不答應。於是，文的不行，就來武的了。」

曹元明又問：「這個年紀輕輕的湯小輝怎麼進來當晚就死了，什麼病這麼厲害？」

鄒衍說：「開始是當肺炎和心衰竭治療的，死後屍體解剖才發現是鼠疫，所以家屬就鬧事了，說是誤診誤治。」

「鼠疫？」曹元明吃了一驚，「在我們這裡，鼠疫已經絕跡好多年了吧，怎麼突然冒出來了？」

「是啊，當時接診的醫護人員沒有一個見過鼠疫的，因此沒有引起足夠的重視，所以誤診了。」

曹元明有點不明白：「既然是誤診，病人又死了，鑑定中心做出不屬於醫療事故的鑑定合理嗎？」

「當然合理！」鄒衍有些不悅，「雖然我們的首診是錯的，但抗感染、抗心衰竭的治療原則並沒有錯，搶救措施也是及時的。鼠疫是一種烈性傳染病，比談虎色變的SARS、禽流感的死亡率高多了。這個病人發病很急，送到醫院後很快就死了，事後，從直接接觸這個患者的醫護人員中，檢查出鼠疫隱性感染者五人，這五人被立即隔離治療，可見他感染的鼠疫菌的毒力和傳染性都相當強，是他自己拖著不來醫院耽誤了病情，並不是我們延誤了治療才導致他死亡的。我們問過市立醫院的傳染病專家，他們都說，以前沒見到過這樣厲害的鼠疫菌。」

曹元明對醫學不了解，只是內心深處隱隱覺得不安，這種不安來於何處，他也不清楚。

陶鴻正和紀所長談話，他們看了醫院的監控錄影，指著其中一個光頭、戴項鍊、穿花褲子的彪形大漢，對曹元明說：「打砸的領頭人是一家拆遷公司的工頭，是個刑滿釋放人，綽號『老六』。」

鄒衍問陶鴻：「這事情你們刑警隊管嗎？」

陶鴻說：「治安問題屬於分區派出所，派出所管防，刑警隊管打。」

鄒衍不滿地說：「一遇到難題，你們就知道踢皮球。」

正在市區開會的陸院長趕到了，他今年接替了鄒和平的一把手位置，是個霹靂火脾氣，一看亂七八糟的急診，特別是醫院大門口「喜迎院慶一百週年」的橫幅被扯下換上了「庸醫草菅人命，討還命債，湯小輝死不瞑目」的布條，氣急敗壞地對紀所長嚷道：「老紀，他們來鬧事已經不是第一次了，早就請你們派出所轉告過他們，不要再鬧事，有什麼問題要走法律途徑。現在卻越鬧越大，光天化日闖進醫院打砸搶，河山市還有沒有法治？」

「人家連法院的判決都不服，我們說話也不管用。」紀所長額頭寬大，身軀有些肥胖，寒著臉說，「在醫院使用暴力是違法行為，我們當然會管。但是，畢竟是條人命，年紀輕輕的一下子就死了，人家有家庭，肯定要哭要鬧。你們醫院也不要一毛不拔，這麼大個醫院，出一點錢安撫一下，大家都省心。和諧社會，要盡量減少不和諧的衝突，你們做一點讓步，也是從大局出發嘛！」

「你少跟我打官腔。哪裡是一點錢？是獅子大開口！任何人都可以質疑醫院的治療，都可以到醫院來打人，醫院成什麼了？」陸院長氣咻咻地說，「他們居然還放話，要在醫院裡擺靈堂。我今天把話撂這裡，到時候我就捲鋪蓋到你們派出所辦公室打地鋪去，他們的靈堂什麼時候撤，我就什麼時候撤！」

陸院長和紀所長是多年的老朋友，但明眼人都知道，拆遷公司和派出所的關係絕非泛泛，不打點好派出所，拆遷哪有那麼順當？在各種利益驅使下，人也好，單位也好，都在趨吉避凶。

「哼，指望警察伸張正義？要處理這些事情，第一看關係，沒關係就考慮盡量減少麻煩。死了人，就讓醫院放血，警察好過太平日子，這就是他們的想法。」鄒衍一副看破世事的口吻對身邊的護士說。

曹元明假裝沒聽見。

紀所長一邊搧風，一邊嘀咕：「醫院經常死人，陰氣很重。這醫院要搬遷，有人說這一百年沉澱下來的鬼魂都要醒轉過來，少不了出些亂子。我是唯物主義者，本來不信這個，但前不久挖出一具白骨，現在又鬧打砸搶，看來今年是不得安寧，肯定還有事！」

醫院正在籌備百年慶典，鄒院長不滿地瞪了紀所長一眼，這話觸霉頭。

然而，誰都沒想到紀所長這句牢騷話居然一語成讖。

第二章　不可饒恕的魔鬼

曹元明出院後，打電話給鄒衍，手機關機。看時間不過是晚上九點多，鄒衍今天不值班，他是個夜貓子，肯定也不在睡覺，這位院長的公子哥兒，英俊瀟灑、風流倜儻，身邊從來不乏佳人相伴，這時候可能還在花海中遊蕩吧？

次日早晨，鄒衍回了電話：「大哥，身體怎麼樣？有事嗎？」

「我身體很好。你什麼時候有空，請你和鄒伯伯吃頓飯。」

「嗨，自己兄弟，別這麼俗好不好？這樣吧，明天晚上聚一聚，很久沒坐下來好好聊聊了，我請客。」鄒衍的話裡帶著一絲倦意，看來昨晚沒睡好。

曹元明問：「昨晚又和哪個美眉春宵一度去了？」

鄒衍曖昧地「嘿嘿」一笑，沒有說話。

「我說你小子也老大不小了，多少優秀姑娘捧著繡球在等你這鑽石王老五的垂青，怎麼就沒一個看得上的？昨天你嫂子還跟我說起，說她們學校新進來的一個老師，絕對大美女，身材相貌和明星有的一比，家境也不錯，你要是有意思，我們替你撮合撮合……」

「我說老大，你怎麼這麼囉嗦。」鄒衍有點不耐煩。

「鄒伯母每次見我就嘮叨，她現在什麼都不操心，就想早點抱孫子，讓我催催你。老人家的心情，你要體諒。我這個做大哥的，平時也沒多關心你……」

「好了好了，這樣吧，明天我帶一個人，你幫我看看。」鄒衍似乎下了決心。

「那太好了，要讓我請客才行。」曹元明高興地問，「哪裡認識的？怎麼樣的人？」

「到時候不就知道了嗎？不說了，我要巡房了。」鄒衍掛了電話。

翌日傍晚，在市郊的「江楓漁火」餐廳，鄒衍應約來到了預定的包廂，他帶著一位身材高眺、婀娜多姿的女郎。這是鄒衍第一次正式帶女朋友來，曹元明打量了一下這位姑娘，只見她秀髮如瀑，一身休閒套裝打扮，黑色的亮片衫外面套了件透明蕾絲薄紗，可愛中又帶了幾分性感，精心修飾的眼影泛出淡淡的淺藍色，顯得嫵媚有致，尤其是那雙水汪汪的眼睛，秋波流慧，清澈透亮，讓人過目難忘。曹元明心想：「鄒衍挑女人的眼光確實不錯。」

「這位是曹大哥，法政大學刑事犯罪偵查科畢業的高材生，當年可是我們這裡刑警隊裡學歷最強的一個。他踐行著『立警為公、執法為民』的錚錚誓言，不辭艱辛，不畏凶險，多次立功受獎，是治安戰線的楷模，用辛勞和汗水維護了一方平安。」

鄒衍就像是新聞發言人，一本正經地把曹元明介紹給女友。

「行了，行了，你小子這是對我念悼詞呢！」曹元明給了鄒衍一拳。

「鄒衍說過好多次了，他有一位英雄大哥，今日得見，三生有幸。」那女郎帶著一股石竹花的香氣走近一步，笑吟吟地伸出了纖纖玉手。

曹元明和她握了一下手，感覺她的手柔若無骨，就像一隻溫潤的精瓷，說：「警察抓罪犯，就像農民種田、醫生看病、老師教書，都是分內之事，沒有英雄一說。」轉頭問鄒衍，「你還沒介紹這位呢！」

「我姓韓，名叫韓吟雪，你叫我小韓好了。」韓吟雪似乎不願詳細介紹自己，搶先說道，「聽鄒衍說，曹警官是城南分局刑警大隊重案中隊的隊長，可真了不起啊！」

「什麼了不起？一個芝麻大的科級辦事員，就是個跑腿的。」曹元明繼續謙虛，心想，看來這位名叫韓吟雪的女郎從鄒衍那裡了解過自己的情況。

三人落座，服務生送上茶水點心，曹元明請鄒衍點菜，鄒衍將菜單遞給韓吟雪，韓吟雪也不推辭，瞄了一眼菜單，乾脆俐落地選好菜名。「江楓漁火」內部裝潢和菜餚都是田園風光，風味別具一格，每日顧客盈門。曹元明見她點的幾個菜既精緻地突顯了特色，價格又適中，特別是照顧到主人剛做過胃大部切除手術，點的多是蒸菜和燉湯等易消化的食物，十分得體。

三人別吃邊聊，韓吟雪一雙妙目不時地打量曹元明，問：「曹警官，你們大學同學現在都做警察這行嗎？」

曹元明搖了搖頭：「警察這個行業，辛苦，又危險。我的同班同學畢業後當警察的不算多，很多當了律師和大學老師。」

「嗯，曹警官，我身為一個女公民，對你們這個職業很好奇，問幾個問題，不介意吧？」韓吟雪歪著腦袋，一副小女孩似的天真無邪表情。

「隨便問，你是鄒衍的女朋友，就別把我當外人，別叫警官，叫我一聲大哥就行。」

「曹大哥。」韓吟雪甜甜地喊了一聲，接著卻提了一個比較尖銳的問題，「你們警察打犯人嗎？聽說人逮進去後，都要先被你們教訓一頓。」問完又說，「你讓我隨便問問的噢，別介意啊！」

曹元明認真地回答：「這種事現在很少了，至少我工作這麼多年，從來沒這麼做過。警察辦案，要攻心為上，以事實為依據，以法律為準繩，刑訊逼供得到的口供都是非法的，誰用誰倒楣。再說，現在審訊都要求全程錄影，誰敢跟這身警服過不去？就算不錄影，萬一遇到個心臟病的犯人，你一巴掌下去人死了，你這後半輩子就得吃牢飯。法治社會嘛，要從警察開始做起。」

「回答滴水不漏，不愧是法律專業人士。」韓吟雪調皮地眨眨眼，「你們隨身帶槍嗎？能不能讓我看看？」

「胡鬧。」鄒衍咕噥了一句。

「你少管。」韓吟雪向鄒衍嘟起了嘴，鄒衍就不說話了。

「我平時不帶槍。」曹元明笑著夾了一口菜，這樣的問題經常有人問。

「真的？刑警不帶槍還叫刑警？」

「帶槍麻煩，一不小心把槍弄丟了那可是大事，檢討不說，飯碗也可能砸了。再說，真正用到槍的機會很少，做我們這行越久就越不敢開槍。」

「不敢開槍？如果壞蛋拿著刀啊槍啊什麼的衝你來，這個算襲警，你可以開槍擊斃他，這是正當防衛。美國的警察都是這樣的。」韓吟雪越來越有興致了。

「遇到這種情況，我們的做法是先躲開，能不開槍盡量不開槍。我們局裡統計過警員開槍的案例，百分之八十都不是擊中犯罪分子。」

「這話怎麼說？」

「我們國家到處是人，開槍容易誤傷群眾，就算是朝天開槍，流彈也有打死人的時候。」

「不帶槍不安全啊！」

「帶槍也不安全。以前槍支管理不嚴，可以把槍帶回家，就發生過犯罪分子殺害警察搶走槍支的案子。警察帶槍走火犧牲也有好幾起。有段時間上面要求出勤必須佩槍，下班後統一將槍支交回隊裡保管，以為這樣警察的人身安全就有保障，結果有一次我們抓了個扒手現行犯，扒手拿刀劃傷了我們一個兄弟逃走了，有個新來的小兄弟一激動就開了槍，打傷了一個路人，局裡賠了一大筆錢，搞的那年辦案經費所剩無幾。那個開槍的小夥子因為還在考核期，把工作也丟了。本來工作不滿一年的新警不佩槍，這下隊長和教導員都被指責，當年的什麼優先提拔名單全部被取消。你看，一開槍這牽扯有多大？還好後果不算太嚴重，如果打死人了，那是要負刑事責任的。犯罪嫌疑人逃走了可以再抓，把無辜的群眾打死了，那就無法挽回了。所以這件事之後，我們執行任務時大部分人都不帶槍。」

「我們的警察真悲催。」韓吟雪呷了一口雞湯，伸了一下舌頭。

鄒衍問：「燙嗎？」

曹元明心想，鄒衍看來很在意這個姑娘，這女孩外形確實不錯，就是不知道什麼來歷，雖然看似純真無邪，但給他的感覺卻不是一個簡單的女孩，以後要好好問問鄒衍，幫他把把關。

「你們警察在學校裡都學些什麼課程？」韓吟雪繼續表達好奇心。

「刑事偵查學、犯罪心理學、現場勘查學、足跡、痕檢……還有就是擒拿格鬥、射擊什麼的。」

鄒衍說：「吟雪就是好奇心重，什麼都要問個明白。以前逮著我就問，你們學醫的是不是都要解剖屍體啊？不害怕嗎？你們是不是都會收紅包啊？你們開處方是不是專門練過草書……」

韓吟雪「格格」一笑，對曹元明說：「我聽鄒衍說，你的本事大得很，你破過一個案子，有個女孩莫名其妙地失蹤，你接到報案後，在完全不知道受害者身處何地的情況下，把她從一千多公里外的地方救出了虎口。」

「其實破這個案子並不複雜，也不是我個人的能耐。」曹元明淡淡地說。

「說說看，我想聽。」韓吟雪興致勃勃。

曹元明本來不想細說，但韓吟雪一再追問，不好掃她的興，便說了：「女孩子情竇初開，很容易受到男人的蠱惑。那是一個13歲的小女孩，成天拿著手機上網聊天。突然有一天，她就消失不見了，家裡人非常著急。過了兩天，女孩突然打來了電話，正在電話裡哭泣，還沒來得及說話，電話那邊就響起了搶奪聲，然後電話就切斷了，再也打不通。家人隨即就報警了。」

「然後呢？」韓吟雪手托下巴，認真傾聽，「這個案子看似沒有任何線索啊！」

「看似沒有任何線索，但我們可以分析一下，13歲的女孩，也半大不小了，這類女孩走失，要麼是被人暴力劫持的，要麼就是自己去見網友了。如果是暴力劫持，超過24小時生存機率就很低了，可是她竟然在兩天後打來電話，說明被暴力劫持的可能性不大。那麼最有可能就是去見網友了。當然這只是一般性的推斷，不是必然的。既然是見網友，那根據她的聊天紀錄，就可以找到她所在的位置了，不過，由於她是用手機上網，走的時候手機帶在身上，所以無法查詢她的聊天紀錄，這就不好辦了……」

聽到這裡，韓吟雪像小學生一樣舉手說：「我有一個辦法，透過手機可以定位。」

曹元明點了一下頭：「查詢她的手機訊號是一個辦法，看手機最後一次與行動基地臺聯繫是在哪個基地臺附近，這個方法確定位置誤差不超過一百公尺。問題是，這需要電信公司的配合，查詢調取數據所需的手續比較複雜繁瑣。等到查到位置，女孩可能已經遇害了。現在要用最快的速度找到女孩，於是傳統式的破案方法，就顯示出它的優勢了。」

「所以說嘛，你們的本事大得很，嗯……什麼是傳統式的破案方法？」

「其實警察的技術偵查能力並沒有妳想像的那麼強。官方的說法是：技術能力還不能滿足一線警察的需求。現在大部分的城市及以下的警察部門的偵查方法還是主要靠線人、監視器和人海戰術，一線辦案警員的偵查方法靠前輩傳下來的方法、個人工作經驗、自身手頭掌握的特情。」曹元明並不排斥韓吟雪的好奇心，「至於所謂的傳統式的破案方法，就是依靠人力、人海戰術。」

「其實警察的技術偵查能力並沒有妳想像的那麼強。」鄒衍聽到這話時，嘴角露出了一絲一閃即逝的微笑。

「人海戰術？那後來到底是怎麼救出那個女孩的呢？」韓吟雪要聽故事，不讓曹元明停下來。

「只要一個案子被作為大案看待，上級放話可以不惜一切代價，那麼這個案子基本就能破。因為人海戰術具有不可替代的優勢。妳可以想像無數警察拿著照片去所有車站的情景。河山市不是個大地方，人海戰術的成本還承受得起，如果是大城市，就不太好用了。我們在大量調查後認定，女孩是搭公車去火車站的。緊接著又去火車站調查，透過調取監控錄影，發現她的目的地。由於火車的路線是固定的，既然知道她上了哪班車，只要看她從哪裡下車即可。車站到處都是監視器，簡直無所不在，這是近年來為了配合改善治安的需求而不計代價地安裝的，在街頭大量安裝監視器，是對罪犯的有力震懾。」

「大城市的車站人太多了，車次也多，怎麼查啊？」韓吟雪看來是要打破沙鍋問到底。

曹元明耐心地解答：「儘管每天車站出入的人非常之多，但是根據車次能大致知道女孩出站的時間和所在的站臺，就可以定點抽取當時的錄影。隨後就可以根據她行走的路線，查詢她去哪裡坐了車，乘坐了哪班長途車。透過詢問乘務人員，調取車載錄影得知她在哪個站下了車。女孩下車的地方是個工業區，到處都是外來人口，人海茫茫，很難查詢。但還是那句話，只要不惜一切代價，就沒有找不到一說。很快，透過人海戰術大量調查此地的外來員工，從一名24歲的男性打工者的家中找到了這個女孩。她之所以打電話給家裡，是因為那天她剛遭到了強姦，想打電話叫家裡人救她。但這個拐騙她的男人將她手機搶走並關機。如果不是警方大力尋找，她很可能會遭受更多的虐待。」

「你們警察好厲害，好有成就噢！」韓吟雪聽了這個案例，似乎在思考什麼，悠然神往，「追求你們的女孩子一定很多吧？」

曹元明「哈哈」一笑：「哪裡話，我差點找不到對象呢！記得剛工作時，有人提起有個女孩各方面條件都不錯，我老媽託人去說媒，想約時間見個面，哪知對方一聽我是刑警，乾脆連面都不見，直接回話說：『我相信每個進入警察部門的都是好青年，但在這個大染缸裡時間久了，出淤泥而不染的人就太少了，所以，我不找警察。』妳瞧，把我們警察看成什麼人了？警察局就是閻羅殿，警察就是凶神惡煞。還是鄒衍他們好，醫生這職業最吃香，特別是外科醫生，高薪階層。鄒院長為他鋪好了一條錦繡大道，『鄒院長』這個頭銜遲早要傳到鄒衍頭上。」曹元明見韓映雪一直在關注著自己，便轉移話題，吹捧鄒衍。

「你俗不俗啊！」鄒衍瞪了曹元明一眼，撇了一下嘴，「醫生有什麼好的？天天去醫院巡房，節日假日還要值班，還要對付各種難纏的病人，這不，前兩天還發生過醫療糾紛，趙主任現在還躺在ICU，醫生連人身安全都保證不了。」

韓吟雪笑著說：「醫生救死扶傷，警察除惡揚善，都是很神聖的職業。不過，我看平時還是歌頌警察的電視劇更多。」

曹元明連連搖搖頭：「什麼神聖？我從不看那些警匪片，都是胡扯！千萬別信電視劇那一套，動輒大車小車前呼後擁去抓罪犯，還不時帶上有長槍短炮的武警特警，都是導演在做戲。我們做的大都是埋伏一類的苦差事，行話叫『蹲點』，很貼切，一蹲就是一晝夜，碰上手上有傢伙的，那更是小心翼翼，對方沒睡死，是不敢去掀被窩的，這是真槍實彈，被點中了那就玩完了，最多評上個烈士。」

鄒衍插嘴說：「幾次去刑警隊找你，光看你們坐辦公室裡聊天打屁，有這麼誇張嗎？」

曹元明對鄒衍晃了一下拳頭，繼續說：「刑警真不是人幹的。根本就沒有什麼上班下班之說，隨時出發，隨時待命，遇到上面督辦的大案要案，十天半月回不了一趟家、甚至洗不上一個澡。」說到這裡，他又把話題轉到鄒衍身上，「真正受人尊重的是醫生。現在大醫院的醫生，起步都是碩士研究生，個個是菁英，就像我們鄒衍，從小品學兼優，小學到中學的成績都是全班前幾名，是他父親的驕傲，也是我們這些朋友的榜樣。我現在就教育我兒子，要向鄒叔叔學習。」

「學什麼？你兒子要是到我這年紀還不結婚，你到時肯定抓狂。」鄒衍笑嘻嘻地反駁。

「你倆一個醫生，一個警察，卻是這麼好的朋友，這兩個職業好像完全不相干啊，你們平時有共同話題嗎？」韓吟雪好奇地問。

鄒衍清清嗓子，說：「其實我們和警察，還真拉得上關係。舉個例子來說，市區各個醫院為了爭奪病源，一直明爭暗鬥，找派出所和交警隊，遊說他們送車禍的傷者來醫院。車禍病人是優質病人，因為汽車都買了保險，車禍由保險公司買單。每送一個病人，醫院給他們1,500元回扣。如果不這麼做，派出所送來醫院的就都是劣質病人，比如，送一個過量吸毒的癮君子，或者植物人過來，這樣的病人家裡都是一貧如洗，家屬也不肯付醫藥費，這樣一來，醫院每年會被病人拖欠一大堆的醫藥費，就算追討醫藥費，追到的也只是個零頭。」

韓吟雪聽了若有所思：「難怪古人說『世事洞明皆學問，人情練達即文章』。」

曹元明不想談這個沉重的話題，說：「妳別看我倆職業好像不相干，其實，鄒衍還幾次幫我破案呢！」

「是嗎，有這種事？」韓吟雪又來了精神，「快說說。」

曹元明說：「話說，市立醫院某天接收了一個眼睛受傷的病人。接診的正是我們鄒大醫生，他當時在急診外科輪班，一看病人嚇了一跳，居然是一根幾公分長的金屬桿插到眼裡了，於是，趕緊送手術室，費了老半天功夫，終於把這東西取出來了……」

「什麼桿子啊？為什麼會插到眼睛裡去？」韓吟雪問鄒衍。

「這個嘛，病人不肯說，我也沒追問，以為這大概就是意外事故。」鄒衍說，「妳別性急，慢慢聽曹大哥說。」

曹元明繼續說：「因為我那時胃潰瘍又犯了，到醫院開藥，找的就是鄒衍。正好遇到他從手術室出來了，我就迎上去打招呼：『今天這麼忙啊？』」

兩人當著韓吟雪的面開始再現當時的場景。

鄒衍說：「可不是嘛，剛做了個手術，可費事了。」

曹元明順口接下去：「什麼手術啊，怎麼那麼麻煩？」

鄒衍搖搖頭：「別提了，有個不小心把金屬桿插進眼裡的倒楣蛋，那金屬桿上還有機油，處理起來麻煩死了……」

接著，曹元明學著護士捧托盤的模樣，尖著嗓門問：「鄒醫生，這個拔出來的桿子放哪裡啊？」

韓吟雪被逗得「格格」直笑：「你哥倆演短劇呢！」

鄒衍一指眼前的瓜子盤說：「喏，就是那東西，也不知道他怎麼能被插到眼睛上的……」

曹元明說：「問題就來了。開始我沒太在意，職業習慣往盤子裡掃了一眼，然後覺得不對勁，這東西好像在哪裡見過，趕緊叫住護士，仔細端詳……這不是手槍上的擊針嗎？」

韓吟雪嚇了一跳：「手槍？」趕緊用手掩住櫻桃小口。

「我立即通知局裡，看住這個病人，順藤摸瓜，一番折騰，最終破獲一個槍枝犯罪集團，起獲二十多支槍械，抓捕同夥十幾人。」

韓吟雪還是一臉的不解：「這手槍上的擊針怎麼跑人眼睛裡去了？」

「那個傷了眼睛的倒楣蛋是個槍械愛好者，做生意有了點錢，花了大錢從黑市買了一支仿五四式手槍，這天在家閒著沒事美滋滋地拿出來保養。保養那就得拆開吧？結果他不知道正確的拆槍順序，這麼一陣瞎折騰，不知道怎麼搞的擊針簧就直接把擊針蹦出來插眼睛裡了……這不，託鄒衍的福，我立了個三等功。」曹元明一口氣把故事說完。

韓吟雪點頭說：「原來如此。我原以為刑警都是蠻嚴肅的，一本正經，不苟言笑，沒想到你這麼能說。「不能說可不行，刑警就是個和人交流溝通的工作，像調查、摸底、談話、取證，都是交流的過程。為什麼有的線索，你去，人家不說，別的偵查員去，就說了，審人也是，你審就拿不下來，別人一上去，幾句話就拿下了。看似就幾句話的事，其實就是交流的功夫。」

「沒錯！」

韓吟雪問：「聽鄒衍說，你倆從小一起長大，好得能穿一條褲子。」

「怪不得鄒衍不結婚呢！」韓吟雪狡黠地一笑。

鄒衍皺眉說：「開什麼玩笑！」

曹元明一怔，哈哈大笑，說：「別誤會，其實我們從小玩到大的好兄弟有三個人。」

韓吟雪問：「那第三個人呢？」

「他去日本定居了，在那裡結婚生子，小日子過得不錯。」曹元明轉頭對鄒衍說，「看看，你要再不加油，連我的名聲都要受牽連了。」

三人有說有笑，這時，包廂的門被推開了，一個黑臉的中年大漢拎著酒瓶進來了。

此人光頭方面，滿臉橫肉，正是城南分局刑警大隊的大隊長臧進榮。

曹元明站了起來：「臧隊長，您也在這裡？」

「郭局長請檢查組吃飯，我過來作陪。」臧進榮嗓門洪亮，「來跟你打個招呼呢……咦，韓大小姐也在？」

韓吟雪點了一下頭：「臧隊長，你好。」

曹元明有些意外，看來臧隊長和韓吟雪打過交道，問：「您怎麼知道我在這裡？」

「嘿，小兔崽子，你當我這麼多年刑警都白幹了。」臧進榮掃了一眼桌子，「開了飯局沒酒怎麼行？元明戒酒了，我就不跟他喝了。」說著讓服務生拿了一個酒杯給鄒衍，拿起手裡的酒瓶滿上酒，「這是三千一瓶的五糧液，你是他的好朋友，這杯酒，你替他喝了！來，咱倆乾一杯。」

「我不會喝酒。」鄒衍皺了一下眉頭，他最反感勸酒，端起盛果汁的杯子，「拿這個代替吧！」

臧進榮一瞪眼，不怒自威：「喝這玩意，你還算是個男人嗎？看不起我是不是？」

曹元明趕緊使眼色，臧進榮是刑警大隊一把手，大隊上上下下近百人誰不服他？這次過來敬酒，算是給了個極大的面子，這個面子可不能拂。

鄒衍可能是被臧進榮的氣勢所懾，端起酒杯抿了一口。

臧進榮斜睨了他一眼：「你這是喝酒還是舔酒？不行，一口乾！不然旁邊的女人都會笑話你。」

鄒衍一咬牙，像喝農藥似的把杯中酒喝光。

臧進榮這才露出了笑容，跟著乾了一杯，指著曹元明說：「這小子，造我的反啊！幹刑警，不但腦子要活，還要耐得住寂寞和誘惑，能靜下心思索案子，要能吃苦，一句話：『拚命幹，死了算！』沒有這種甘於奉獻的精神，做不了這個差事。現在的後生，腦袋瓜比我們當年活絡多了，就是缺點東西。」

這番話讓曹元明有點坐不住了，拿起酒瓶替自己滿上一杯，端起酒杯站了起來：「臧隊長，說來慚愧啊！我雖然戒了酒，但今天破例，敬你一杯。」

臧進榮按住他的肩膀：「坐下！既然戒了，就不要破例，男子漢立了規矩，就要說到做到。」

「我不是怪你！你是好樣的，有一次差點進烈士陵園，不是孬種。」臧進榮接過曹元明的酒杯，又是一口喝乾，大喇喇地坐下，「忘了是什麼部門統計的，警察行業裡，就數刑警和交警兩個警種最短命，說刑警的平均壽命只有48歲，也不知怎麼算出來的，準不準我不知道，我只知道，身邊的同事到了中年的，除了手腳沒毛病，哪個身上都有一堆的病，什麼高血壓、糖尿病、肝病、胃病、肺病……這身體不好啊，我思索著，百分之三十和先天體質有關，百分之七十是自己造成的。怎麼說呢？這刑警是一驚一乍的工作，案子說來就來了，這沒頭緒，破不了，上面再壓得緊點，著急上火；好不容易有了線索，追查下去，短則三五天，長則三五個月，累個夠嗆；案子破了，局裡慶功，得喝酒啊，白的、紅的、黃的，逮著使勁喝，且不說這慶功酒，就是平時酒局又哪裡少得了？三天兩頭在外跑，協調各方關係，開啟局面，都得酒開路，不豁出去喝，關係不到位，喝多了，五臟六腑受得了嗎？還有，比酒更傷身的是睡眠不足啊！做我們這行的哪有覺夠睡的，熬夜，熬的就是心血，我以前不抽菸，到了刑警隊被那幫老菸槍一帶就抽上了，這熬夜沒菸撐不住。又是菸又是酒，還沒得睡，這身體能好嗎……」說來連連搖頭，頗有感慨，「看到你這生龍活虎的小夥子都進醫院動了手術，我這個當老大的心酸，沒有盡到責任啊！」

曹元明聽了臧進榮一大堆話，最後一句讓他眼眶有些發紅，正想說點什麼，臧進榮已經站了起來，說：「好了，你們繼續吃，我就不打擾了。元明，別送，那邊你也別去敬酒，就這麼著了。」拍了拍他的肩膀，起身走了。

鄒衍皺眉說：「這個臧隊長活脫就是個凶相畢露的土匪，難怪有人說警匪一家。」

曹元明說：「鄒衍，你別介意，看人不能看表面。臧隊長是部隊的退役幹部，以前當過偵察連長，上過前線。他是個好人吶，辦事雷厲風行，為人急公好義，最大的缺點就是好酒，如果不是怕他貪杯誤事，早就升支隊長了，妥妥的副處級。唉，副處是道瓶頸哪！以他的年齡，猜想以後再要往上走就難了。」

鄒衍說：「現在不是三令五申警察工作時間不得喝酒嗎，他敢犯紀律？」

曹元明說：「工作時間不喝，下了班照樣喝。臧隊長的老婆下了通牒：喝了酒就不要回這個家！他每晚回家，他老婆的第一件事就是開啟一道門縫，讓他對著門縫吹口氣聞聞，沒有酒氣才讓他進去。有次他喝多了，我帶他回家，他讓我吹了口氣，進門後，老婆發現他爛醉如泥，氣得收拾包裹回了娘家。」

「這位刑警隊長還蠻有意思的。」韓吟雪說了一句。

「妳認識臧隊長吧？」曹元明問。

韓吟雪笑了一下：「幾天前見過一次，談了點事。」

曹元明正想問是什麼事，這時，韓吟雪看了看手腕上那隻精緻的手錶。鄒衍會意，說：「差不多了，時間不早，我們散了吧！」

出了門，鄒衍要開車送韓吟雪，韓吟雪婉拒：「算了，我叫車回去吧！剛才你喝了滿滿一杯酒，被查到酒駕可不好，還是讓你大哥送你回去。」說完使了一個眼色。鄒衍點了點頭。

曹元明和鄒衍目送韓吟雪上了計程車，車子消失在燈火闌珊的街頭。

曹元明問：「小韓是哪家的大家閨秀？」

鄒衍說：「是世達公司總裁韓觀樵的女兒。」

「世達公司？」曹元明隨即想起，鄒衍曾跟他說起過，這是金鵬地產公司的幕後金主，買下市立醫院地皮的大手筆就是出自其手，怪不得他這麼了解其中的交易。

「你對她感覺如何？」

「相見恨晚。」

「高富帥VS白富美，強強聯合，真有你的。」

「別扯了，八字還沒一撇呢！」鄒衍看著韓吟雪遠去的方向，似乎還戀戀不捨。

「你小子，這回要來真的了吧，難得。加油啊，等你的好消息！」

「這樣的大小姐，要上手可不容易。」

「你這麼多年累積了一大把實戰經驗，正好一顯身手嘛！」

「你就瞎起鬨吧！」

「你們認識多久了？」曹元明不再調侃，認真地問。

「一個多月吧。」

「你對她了解有多少？」

「了解不多，還需要時間。」鄒衍換了個話題，「聽嫂子說你要離開刑警隊了？」

「她巴不得我早一天離開呢！」

「嫂子是為你好，大哥，你自己怎麼想？決定了嗎？」

兩人上了車，曹元明邊開車邊說：「在我當初入行時，是絕對沒有私心雜念的，警察嘛，人民有難時，就得首當其衝擋槍去，那時候是雄心萬丈，立志要做一個最好的刑警。現在這麼多年幹下來，身心俱疲啊！就拿命案來說，破了是你的本分，最多記點功獎勵你幾千，破不了不說上級壓力，假如苦主是外地人還好說，花錢買平安；本地人你就等著在政府、警察局大樓門口掛布條然後局長叫你過去大罵。」

鄒衍點了點頭：「我能理解。醫院也一樣，辦事原則是唯上級意志主義。這是各行各業共有的通病，是制度的建立和落實出了問題。無論是醫生還是警察，老百姓的希望就是用一個大眾化的薪資，養活幾個能解決各種難題、還不會做錯事的、有道德模範情操的超人。」

「兄弟，你歸納的不錯。事情的定性不靠事實，調查不走程序，全憑輿論的口水和上級一張嘴，誰能安心做事？做了對的事情是你應該的理所應當，做了錯誤的事情後果要你個人承擔。下面不理解，上面不支持。人人上有老下有小，要吃飯、工作、過日子，在這樣的工作環境裡，天天都是不求有功、但求無過，你還指望這些人能滿腔熱血地投入到工作中？」曹元明說到這裡苦笑了一下，「今天我的牢騷話是不是太多了？」

「看來，你是決定要走了……」這時，鄒衍的手機響了，來了簡訊，他低頭看手機。看到鄒衍專注的模樣，曹元明覺得這是韓吟雪傳來的簡訊。

車內出現了短暫的沉默。

片刻後，鄒衍說：「大哥，你離開刑警隊也好，空閒時間多了，我們哥兒倆可以多聚聚。我正好也有件事，要請你幫忙。」

「什麼事？我們還分什麼彼此，直說吧。」

「你住院那天，我們醫院裡挖出一具白骨，你了解其中的詳情嗎？」

曹元明一怔，沒想到鄒衍居然也關注起了這具幾十年前的屍骨，問：「你說的幫忙，和這個有關？」

「嗯。」鄒衍點了點頭，「準確地說，是吟雪託我請你幫忙的。」

曹元明心想：「好傢伙，這頓晚飯聊了這麼久，繞了一個大彎，原來源頭在這裡。看來，韓吟雪是透過飯局上的聊天來考察我。」

鄒衍見曹元明不語，說：「怎麼了，你不肯幫這個忙？」

曹元明說：「這究竟是怎麼回事，你得先跟我說個明白，有的忙不是隨便能幫的，尤其是牽扯到命案。」

「當然不會讓你觸犯法律，不會踰越道德準則。」鄒衍頓了一下，「具體的情況，吟雪想找個機會和你詳細談談。怎麼樣？這個面子得給我吧！」

曹元明想了想，說：「好的。」他知道韓吟雪在鄒衍心中的分量，既然這麼說了，這點情面是要講的。他想：「韓吟雪是世達公司總裁的女兒，正是世達公司出資買下了醫院的地皮，因此才開始搬遷，也正是搬遷，才挖出了這具白骨，而白骨一出現，即有人認領，難道韓吟雪一家和這具白骨有什麼關係嗎？」想到這裡問道：「這具無名白骨是世達公司的人去認領的嗎？」

鄒衍豎起了大拇指：「大哥果然了得。據吟雪說，這具白骨是她祖父的。」

曹元明大吃一驚：「能確定嗎？」

「她說認定無疑。」

「這也太巧了……不，恐怕不僅僅是巧合……」曹元明放慢了車速，以便專注思考。他腦子裡頓時有無數疑問冒了出來，怪不得在「江楓漁火」吃飯時，韓吟雪和臧隊長打招呼時有點不自然，兩人肯定因為這件事有過接觸，說：「這個要做 DNA 鑑定的，埋屍時間這麼長了，短時間很難得出結果。」

「當然，這還只是他們家屬的認定。不過，法醫經過反覆推敲，確認這具屍骨的埋屍時間是 1950 年左右，這與韓吟雪祖父失蹤的年分是一致的。已經將屍骨送 DNA 檢測，還抽了韓吟雪父親的血樣做對照，但鑑定中心沒有從骨頭裡提取到 DNA，真差勁。」

「也不能怪他們。人骨被掩埋後，土壤溫度、溼度和酸鹼成分都會對骨骼含有的 DNA 產生影響，而 DNA 降解或被土壤中的沉澱物滲透汙染，會直接影響驗屍準確性。」

「得了吧，以為我不懂？幾十萬年前的原始人骨骼和牙髓裡都能分離出 DNA 呢！技術不行就是不行。韓家不甘心，屍骨要再送別處檢驗。」

「看來她家決心很大啊！那麼，她要我幫什麼忙呢？」

鄒衍一字一頓地說：「找出那個不可饒恕的魔鬼！」

「不可饒恕的魔鬼？」曹元明重複了一句。

「這是一起凶殺案，而且手法非常凶殘，這個應該沒有疑義吧？如此說來，將毫無人性的凶手稱為魔鬼是絲毫不為過的！吟雪說，這是她家永遠的傷痛，永遠不可寬恕這個凶手！不論花多大的代價，就是追到天涯海角，也要找到這個魔鬼。」鄒衍的話充滿了感情。

曹元明聞言默然。

如果警方的分析沒錯，那這具白骨生前是被活體解剖的，能犯下如此罪行的人，已經失去了最起碼的人性，這個隱沒在時光帷幕之後的凶手，的確是一個不可饒恕的魔鬼。

他感到有些燥熱，放下車窗，讓夜風吹拂進來，高速公路就像一條閃光的緞帶，車外五光十色的街景，一如既往的寧靜而祥和，但這一切忽然變得陌生起來，60年前，就在這座城市，在車輪下的這片土地上，居然發生過如此悲慘的一幕！而如此駭人的場景，是不是不止一次地上演過呢？

正義女神在過去60年裡都蒙上了眼，她還會再睜開眼睛嗎？

第三章　沉冤六十載

幾天後，曹元明接到一個電話，電話是陶師母打來的：「元明啊，你跟市立醫院的鄒醫生熟吧，請他幫個忙好嗎？」

師母聲音很急切，曹元明忙問：「師母，出什麼事了？」

陶師母在電話另一頭低泣：「你師傅怕是要不行了……」原來，陶鴻和兒子陶海剛大吵了一架，突發心臟病，胸痛，抽搐，冷汗直冒，送到醫院時神志已經有些模糊了。

曹元明大吃一驚：「我馬上來醫院。」一邊穿外衣，一邊打電話給鄒衍。

偏偏路上遇到塞車，曹元明乾脆下車疾步趕到市立醫院。鄒衍正陪著陶師母和心臟內科的一個主任談話，曹元明一見就問：「我師傅呢？」

鄒衍說：「送病房了，他兒子在辦住院手續。」

曹元明問：「情況怎麼樣？」

心臟內科的主任說：「是心肌梗塞，好在從心電圖看梗塞面積不算大。這個病人不久前看過我的門診，當時我就告訴他有冠心病，平時要多休息，不要操勞，情緒不要激動，你們這些當家屬的，是怎麼搞的嘛？」

曹元明這才想起，自己上次辦出院手續時遇到過陶鴻，那時師傅的臉色就不好，當時沒有細問，實在不該，他連連點頭：「您說的對，我們以後會多加注意。那下一步該怎麼治療？」

主任說：「建議做個冠狀動脈血管攝影檢查，發現動脈變窄超過百分之七十的地方，可以做支架微創手術，否則的話，心肌梗塞有再復發的可能，到那時，說不定就出大問題了。」

鄒衍說：「心肌梗塞不止一處，可以的話，最好做幾個支架。」

陶師母囁嚅著問：「做這個支架要多少錢啊？」

心臟內科的主任說：「要看支架是進口還是國產，進口的貴，國產便宜，一般來說，進口的效果好，還有金屬支架和藥物塗層支架的選擇，藥物塗層支架貴，但術後副作用少……這幾個支架做下來，包括導管，得準備個幾十萬。」

「那……能報銷多少？」

「能報八萬多吧，如果是進口的支架，那就不在政府醫療給付範圍內。」

陶師母一聽這話，臉色慘白，又開始抽噎起來。

陶海剛辦完住院手續過來了，臉色鐵青，一副愛理不理的模樣。陶師母一看到他就數落起來：「你這個孽子啊！你爸為了你結婚買房的事操碎了心，你要不是拿話氣他，他能得這個病？現在讓我們家上哪裡弄這麼多錢做手術？」

陶海剛不耐煩地頂嘴：「嚷嚷什麼？大聲就能弄到錢？」

陶師母捶胸大哭：「乾脆把我這個老婆子也氣死，你就滿意了！」

陶海剛惡狠狠地說：「是！我們全家都完蛋，我就滿意了！」

曹元明厲聲斥責：「海剛，你怎麼說話的？你爸病成這樣，你說的是人話嗎？」

陶海剛脖子一扭：「無所謂，我家的事你少管！」

曹元明氣得發抖，正要說他，陶海剛扭頭就往外走，正好遇到一群人。這群人是從醫院行政大樓出來，他們都戴著黑袖紗和小白花，一個女孩捧著一張遺像走在前面。

鄒衍冷眼旁觀這群人，見他們走遠，說：「這件事總算結束了。」

曹元明看了看：「是湯小輝那件事嗎？我看到那個『老六』了，還有幾個也像是那天急診鬧事的人。」

鄒衍說：「是的，又談了幾次，醫院讓步了，最後，以醫患溝通不力、患者家貧為理由，賠了75萬給他家屬，喏，就是最前面那個小姑娘。」

「這個女孩是誰？」

「是湯小輝的妹妹。這家人說來也有些可憐，湯小輝父親早死，兄妹倆很小就從山區出來打工，相依為命。」

「還是賠錢了啊！」

「沒辦法，就算不理虧也得賠，花錢消災，息事寧人。不然這麼鬧下去，醫院的急診還怎麼工作。」鄒衍嘆了口氣，「要我說，你們警察根本靠不住。」

「怎麼又往我們身上扯？」曹元明不滿地說。

「哼，警察靠得住，母豬能上樹！你以為我不知道，你們是本著大事化小，小事化無的態度辦事，多一事不如少一事，有些案子是不立案的，或者說，刑案標準的，盡量按治安案件立，治安案件的，一般都是調解。他們衝到我們醫院打砸，把人打成腦震盪，這就是刑事案件，你們不管，還是讓我們雙方調解，結果，就是醫院花錢替你們買平安。」

「話不能這麼說，警察也有警察的苦衷……」曹元明正要解釋，鄒衍伸手制止他：「好了，別解釋了，你還是那一套，什麼警力不夠，什麼辦案經費緊張，好了，我們別光耍嘴皮子，你快去看看你師傅吧！」

陶海剛則一直看著那群人遠去，這才走開。

曹元明進了病房，看見病榻上的師傅兩鬢斑白，皺紋滿臉，心中猶如刀割。

陶師母坐在一旁垂淚，還在嘮叨著兒子。曹元明問：「海剛怎麼又惹師傅生氣了？」

陶鴻長嘆一聲：「這孽子只長個子不長腦子，自己學歷低，窮工人一個，眼光還挺高，相親多次都不成。上次相了一個幼稚園老師，看人家長得漂亮，一下子迷住了，拚死拚活地追。人家嫌棄我家沒錢沒勢，撂下一句話：『沒新房子，結什麼婚？』就這麼吹了。孩子心裡煩惱，就把一口氣出在我們身上。」

在河山這個城市，新成屋的均價已經是每坪15萬元了，三十幾坪的婚房加上裝潢沒有五百多萬買不了，對於普通的薪水家庭是個不小的負擔。這些年房價一個勁地猛漲，早些年沒買房的人，現在想買也買不起。

曹元明說：「下次遇到海剛，我得好好和他談談，這太不像話。」對陶師母說，「這個手術我們做了，錢的事，我來想辦法。」

陶鴻苦笑了一下：「你有什麼辦法？算了吧，我的身體自個兒知道，還沒到那一步，能拖就拖。」

「我還有點積蓄，再不行，我找上級彙報，請局裡想辦法，您當刑警都一輩子了，得享受點超規格待遇。聽鄒衍說，做了支架，這病就不容易復發。」

陶鴻斷然拒絕：「不行！你的錢，師傅一分錢也不能收。你自己剛動手術，還有一家子人要養活。另外，絕不能因為我生病的事給局裡添麻煩、出難題。醫療給付對每一個同事都應該一視同仁。如果我壞了規矩，其他心臟有毛病的同事怎麼辦？」說到這裡，他臉色十分鄭重，斬釘截鐵地說，「無論到什麼時候，我都得要這張老臉，不能被人說我倚老賣老，做支架這件事，你對誰都不要說！你要是把這事張揚出去，別怪師傅不認你這個徒弟！」

曹元明鬱悶地從病房出來，鄒衍走了過來，曹元明說：「臧隊長說的沒錯，刑警這種抽菸喝酒熬夜的生活，實在傷身。你看，我師傅又是一個活生生的例子。這些年來，年年參加同事的追悼會，大半都是死於心腦血管疾病。」

鄒衍拍拍他的肩膀：「別難過，你師傅還有得救，這種支架手術是常規手術，很成熟了。」

「就是錢的事啊！」曹元明說，「我師母身體不好，老早就退休了，每月只拿幾千塊的國保，常年看病吃藥，家裡沒存下多少錢，有點錢也捨不得用，要留著給兒子結婚。師傅又是個倔脾氣，不肯求人，不肯麻煩局裡和同事們。本來我這個做徒弟的孝敬幾個支架是理所應當，可是他死活不同意……」說到這裡，他有些無奈。

「錢不是問題，我幫你想了個辦法。」鄒衍說。

「什麼辦法？」曹元明眼睛一亮。

「天機不可洩漏。」鄒衍神祕兮兮地說。

「你小子，跟我搞什麼飛機？」

「晚上吟雪請客，一起去吧！」鄒衍突然換了個話題。

「你們倆一塊吃好了，老拉著我這個電燈泡幹嘛？我剛開刀，消耗太大，你就不能讓我省省電？」

「人家是真心請你，我倒是陪襯。」

「為什麼請我……」曹元明忽然想起，「嗯，就為那具白骨的事嗎？這個事我了解過了，要追查凶手很棘手啊！我可沒那麼大本事，無功不受祿。」

「去吧！我都答應她了。你要是爽約，我可要在她面前抬不起頭了。看在兄弟的份上，幫個忙吧！」鄒衍一臉熱切。

「你呀，下次可別替我亂答應別人。」

傍晚時分，韓吟雪開著一輛橙黃色的瑪莎拉蒂來接鄒衍和曹元明。

「去哪裡吃飯？」鄒衍問。

「去我家。」韓吟雪回答。

「家宴啊？」鄒衍似乎沒有做好心理準備。

「家裡除了我和奶奶，就剩廚師和管家，怕什麼？」韓吟雪莞爾一笑，她的駕駛技術嫻熟，瑪莎拉蒂在城市的車流中像魚兒一樣歡快暢遊。

一個小時後，汽車駛入了城郊的芳草湖景區，這一帶湖光山色，風景優美，坐落著幾十座排屋別墅，屋主非富即貴。車停在一座別墅前，這是個獨門獨院的三層樓房，看上去精緻又不失大氣，外牆砌著的白色瓷磚在門口水晶燈下泛著淡淡的光芒，門口是一個大花圃，栽種著花草和海棠樹、白玉蘭等樹木，一片盎然綠色中潔白的玉蘭花正在盛開，滿樹花香。

韓吟雪開了門，管家歡聲說：「大小姐回來了。」

三人在餐廳就座，韓吟雪說：「餓了吧，我叫廚師上菜。」

鄒衍問：「妳奶奶呢？」

「老人家吃飯規矩多，怕你們不習慣，她先吃了。」

曹元明見管家在一旁替韓吟雪的奶奶沖牛奶，用消毒過的溫度計在牛奶裡試溫度，很仔細地看好了刻度，這才端著上樓，心想：「這位老奶奶確實有點講究。」

晚餐是法國菜，鵝肝醬、牡蠣杯、麥西尼雞、普羅旺斯魚湯、雪利葡萄酒，琳瑯滿目，豐盛美味。鄒衍先是殷勤地拉開椅子，請韓吟雪坐下，再和曹元明落座，他吃飯時挺直上身，熟練地手持刀叉，慢條斯理地品嘗菜餚，不時點評一二，顯得十分內行。曹元明吃得不多，醫生叮囑過少量多餐，心裡記掛著那具白骨，想著接下來會發生什麼事。

飯後稍坐片刻，韓吟雪對曹元明說：「曹大哥，我奶奶想和你聊聊，跟我上樓坐坐好嗎？」

曹元明笑著說：「吃了一頓大餐，盛情難卻啊！」

韓吟雪臉色鄭重：「我們確實是有事相求。」

曹元明看了鄒衍一眼，站起身來：「好吧！」

鄒衍說：「我一起上去吧！」

韓吟雪說：「我奶奶不輕易見外人，你在這裡等等，喝杯咖啡吧。」

鄒衍聽了這句話臉上有些不快，韓吟雪嫣然一笑，柔聲說：「對不起噢。」鄒衍隨即釋然，點頭坐下。

曹元明跟著韓吟雪上了二樓的書房，韓吟雪說：「稍等片刻，我去請奶奶出來。」

韓吟雪出去了，管家送上了咖啡，曹元明信步踱到書房的窗旁，這時天已經全黑了，這裡遠離城市的喧囂，四周一片寂靜，只聞蟲聲唧唧，郊區沒有汙染的夜空星斗璀璨，銀河如練，遠處的湖面飄籠著淡淡的夜霧，成群的螢火蟲在如煙的夜色裡四處流動，夜風中風信子帶來了泥土的清香，令人胸襟為之一開。

過了一會兒，遊廊裡傳來了細碎的腳步聲，韓吟雪攙扶著一位老嫗緩步走來。這位老人顯然就是韓吟雪的奶奶了，她滿頭銀絲梳得整齊，臉上手上都是老年斑，看來至少有80歲了。老人手拄著一根細長的枴杖，但步履從容，並不顯老態龍鍾。

「曹大哥請坐，你要茶還是咖啡？」韓吟雪問。

「不用了。」曹元明向老太太點頭，「老奶奶，您好。」

三人分賓主坐下，韓老太太打量了一下曹元明，她眼窩深陷，目光深邃，問：「聽口音，曹警官不是本地人吧？」

「老奶奶的耳朵真靈，我是河山市出生長大的，但我祖父是山東人，家裡一直說山東話，我父親也是如此，所以口音就偏北方了。」曹元明恭恭敬敬地回答，「還是您的方言道地。」

韓吟雪聽他誇奶奶耳朵靈，笑靨如花，甚是開心。

韓老太太嘆息說：「我都離開家鄉快60年了，這鄉音鄉愁啊……」

「我祖父是隨大軍南下的，也是60多年前的事了。」

「60年，一個甲子……」韓老太太靜如止水的臉上，突然露出了悲愴的神色，似乎想起了當年那些不堪回首的往事。

韓吟雪握住奶奶的手，輕聲問：「奶奶，您要喝茶嗎？」

韓老太太搖頭說：「別忙這個。妳把請曹警官來的意思告訴他吧！」

韓吟雪點了點頭，開啟書桌的抽屜，拿出兩份檔案，放到曹元明面前：「曹大哥，請過目。」

這兩份檔案，一份是驗屍報告影本，是河山市分局偵查技術人員對那具市立醫院挖掘的屍骨的分析，其中，屍體檢驗提到：「屍骨已呈白骨化，除右手拇指，其餘部分完整。顱骨後部有一處骨折凹陷，裂口呈放射狀，餘骨未見骨折傷痕。……」死者個體特徵為：「透過對屍骨恥骨聯合的檢測，推測性別為男性，年齡大約在25至30歲。根據股骨長度推測，身高約168公分。根據屍骨腐敗程度推測，死亡時間超過50年。死者上下肢的肌脊隆起不顯著，其職業應該是非體力勞動者。」但死亡方式分析只簡單地說：「現有條件無法明確死因……暫時排除自殺可能，疑為他殺後埋屍。」犯罪嫌疑人刻劃一欄則是空白。

另一份是傳真文件，是首都警局法醫檢驗鑑定中心對屍骨DNA的檢驗結果：「送檢的兩根股骨不排除為韓世達所留」，換句話說，送檢的屍骨可以被確認為韓世達的遺骸——這位韓世達，顯然就是韓吟雪的祖父。報告的日期就是今天，是剛剛拿到的結果。從報告看，此次檢測所用DNA為粒線體DNA，對於年代比較久遠的DNA的檢測，多採用此種方法，因為粒線體DNA母系遺傳的特性，只要能排除送檢屍骨為韓氏家族中的女性成員所留，即可認定為是韓世達的遺骸。

這份傳真文件還附著一張照片，這是法醫研究所依據屍骸顱骨用電腦技術復原的頭像，照片上是位青年男性，面容清秀，是典型的知識分子相貌。

韓吟雪又拿出一張照片的掃描圖給曹元明看，這是舊時代一對新婚夫妻的合影照，新娘略施粉黛，杏眼桃腮，留著齊肩燙髮，眉目之間赫然就是眼前的韓老太太，只是歲月無情，紅顏變白髮。旁邊新郎的相貌和電腦復原的頭像相似度很高，正是韓世達本人。

「這是您和韓老先生的結婚照？」曹元明問韓老太太。他注意到，合影照片中，新郎左臂自然垂下，而右臂放在背後，顯然是為了遮蔽右手拇指缺失的生理缺陷。

韓老太太點了點頭，戴上老花眼鏡，接過照片端詳，雖然這照片已經不知被她反覆端詳過多少次，但看著結婚照的目光仍是飽含深情。

「現在已經毫無疑問了，市立醫院挖出的這具遺骨，就是我爺爺。」韓吟雪面帶戚容述說往事，「我爺爺是1950年7月3日那一天失蹤的，他當時是『慈康』醫院的醫生，那天輪到他值夜班，當天早上離開家時，他還叮囑我奶奶晚上不要幫他留飯了，他在醫院吃。可是奶奶沒想到，他這一去就永遠沒有回來。」

「韓世達先生原來是在『慈康』醫院工作啊？」曹元明問。

韓老太太點了點頭，掏出手帕拭淚，平靜了一會兒，示意孫女繼續說下去。

「那時我父親剛出生，只有一歲大，奶奶一面要照顧家小，還要四處尋找爺爺，但卻活不見人、死不見屍。更可惡的是，『慈康』醫院的財務室就在7月3日當晚被潛入了，失竊了一大筆財物，因此，有人就汙衊爺爺是竊盜潛逃，還說他逃往美國去找道格拉斯神父，有的說逃到臺灣了。爺爺知書達理，重情重義，奶奶根本不相信爺爺會去偷東西，更不可能拋下她們母子，仍然到處去找，幾年過去了，河山縣城的每個角落、乃至周邊鄉鎮都找遍了，就是沒見蹤跡，好像憑空就消失了……現在終於證明，爺爺是被害了，是被冤枉的！」說到這裡，韓吟雪語帶嗚咽。

曹元明暗自思忖，據此前鄒衍的介紹，韓世達生於富貴之家，韓家民國時期在河山縣城開了好幾家藥鋪、商鋪、當鋪，鄉下還有田產，這樣的資產階級加地主出身，在政局轉變後確實不受歡迎，忽然之間人就不見了，而且又碰上醫院財物被盜的風口上，也難怪被誤解。

韓老太太喟然長嘆，嘆息中充滿了無窮無盡的心酸和難以言狀的痛楚。

可以想像，當年這個年輕的寡婦帶著襁褓裡的孩子四處打探丈夫下落是何等艱辛困苦，慘死的亡靈還要背負竊賊的沉重十字架整整60年不得安寧，曹元明心中也是一陣難過，問：「後來呢？」

韓吟雪停止了飲泣，說：「這麼連著找了幾年，一點消息也沒有，奶奶明白爺爺一定不在人世了，絕望了。唯一的寄託，就是把爺爺的骨血、我的父親好好撫養成人。那時氣氛很緊張，我們家的資產被沒收，我曾祖父也病死了。我奶奶的父親逃到了香港，於是，1954年奶奶帶著父親去了香港，後來又得到道格拉斯神父的幫助，去了美國舊金山。父親長大後，依靠海外親屬的幫助，慢慢把家業振興起來，為了紀念爺爺，他的公司就取名為『世達』。我就是在美國出生的。但不管過了多久，不管到了哪裡，奶奶總是掛念著爺爺，爺爺連屍骨都沒有留下一丁半點，沒有墳塋，沒有墓碑，奶奶覺得對不住爺爺，總期盼著有一天能真相昭雪。爺爺是在『慈康』醫院失蹤的，奶奶覺得，這個醫院是最值得懷疑的地方，恨不得挖地三尺尋找爺爺留下的痕跡，但在當時根本沒有這個可能。今年，從『慈康』醫院發展起來的市立醫院要搬遷，空出舊址來，這是個千載難逢的好機會，因此，父親才不惜重金把這塊地拍下來，這樣也許可以在開挖地基時發現一些東西，找到爺爺失蹤的線索。果然不出所料，剛一動工就發現了爺爺的屍骨，真是冥冥之中的天意！奶奶一聽到這個消息，就從香港飛來了。」

曹元明這才明白，為什麼世達公司會拍下市立醫院的地皮，為什麼一挖出白骨就有人趕來認領。韓家花了如此大的心血和代價終於讓韓世達的遺骨重見天日，那麼，肯定會不惜一切查清他的死因，追討那個遙遠年代的凶手。

果然，韓老太太緩慢而堅決地說：「我們今天請曹警官過來，就是希望你能幫助我們找到那個殺害我丈夫的魔鬼！」

曹元明想了一下，說：「老夫人，恕我直言，事情已經過去了60年，凶手很可能不在人世了，追查下去還有意義嗎？何況，由於年代久遠，物證、人證恐怕都已失落而難以搜尋，幾乎沒有線索，很多東西都已經改變，不可能還原當年的情景，新線索出現的可能性非常渺茫，追查到真凶的可能性極小。退一萬步說，即使這個凶手還活著，最後找到了這個人……」

「不，這個凶手不是人，是一個十惡不赦的魔鬼！」韓老太太發出了一聲尖利的聲音打斷了他的話。她胸脯劇烈起伏，這是一種發自肺腑的刻骨仇恨。韓吟雪趕緊扶住微微顫抖的奶奶。

顯然，韓家已經得知了凶手的作案手法——手起刀落，猶如庖丁解牛一般分割韓世達的屍體，從容地砍下頭顱，清理出骨頭和內臟，如此嫻熟而冷靜地處理屍體，很像西方國家報導過的冷血連環殺手，的確是來自地獄的魔鬼。

曹元明等韓老太太平靜了一些，繼續說：「……即使最後找到了這個凶手，由於當年尊夫是按『失蹤』處理，沒有立案，現在早已過了刑法的追訴期，法律也奈何不了他。」

韓吟雪說：「你說的這些我們都清楚。正因為如此，警察機關不受理這起案件，我們才找上你。」看來，韓吟雪已經為此和臧進榮等警方人員交涉過，怪不得「江楓漁火」吃飯時兩人像是認識的樣子。

曹元明說：「這樣的事情，您可以委託私家偵探公司，這樣的公司現在有很多。我是吃公家飯的，有很多本職工作要做，這個案件沒有被警察機關受理，不在我們的工作範疇之內。」

「私人偵探只能查查婚外情，逮逮小三，對於這樣的刑事案件無能為力。在這裡，偵查權屬於警局和法院，私人偵探沒有這個權力。曹警官，我說的對嗎？」韓吟雪改口稱「曹警官」，顯然對他一再推諉感到有些不快。

曹元明沒有吭聲。在刑警隊，每天忙得像打仗一樣，實在沒心思接手其他的事情。

韓吟雪語氣又軟了下來，改為央求，「曹大哥，你就要從刑警隊調到政府機關，不就有時間了嗎？幫幫忙嘛！」看來，關於曹元明的一切，鄒衍都如數告知韓吟雪了。

韓老太太說：「警察的天職就是懲惡揚善，縱容惡人天理不容！魔鬼不會因為停止了作惡而得到上帝的寬恕，罪惡也不會因為時間的流逝而減輕！」說到這裡，她雙手緊緊抓住靠椅扶手，眼望著窗外的夜色，昏花的眸子裡發出了異樣的神采，那是充滿恨的火焰，散發著要穿破重重黑幕的光芒，「不管付出多少代價，我都要找到那個地獄裡來的魔鬼，要看著他被送回到地獄！否則，我死不瞑目，死不瞑目！曹警官，我等這一天都等了60年！60年啊！你就不能幫助一個風燭殘年的老人完成這個心願嗎？」

韓吟雪滿懷期待地注視著曹元明：「鄒衍很推崇你，說你是個有正義感、有責任心而且專業技術很強的優秀警察，我相信，我們不會看錯人！」

曹元明一時躊躇不決，他十分清楚這個案子的難度，一旦答應下來，那麼，接下來將不知有多少不可預知的困難紛沓而來。自從鄒衍前幾天提及此事後，他一直在思考這個問題，這個陳年舊案根本不屬於他的本職工作，接手後，無論出現什麼困難和麻煩都是「自找」的，但不予理會，讓如此窮凶極惡的殺人犯一直逍遙法外、最後壽終正寢，難道不是司法機關的失職嗎？自己如果置若罔聞，所謂「獻身於崇高的警察事業」的誓言豈不成了一句空話？

何況，曹元明是一個富有好奇心的人，就像師傅陶鴻對他的評價「好奇心是優秀刑警的特質」，就好像老饕會拚死去吃河豚這樣的珍饈，他對於詭異離奇的案件，有一種似乎是與生俱來的探究真相的本能需求。

他沉思良久，終於緩緩點頭，說：「那我試試吧！」

韓吟雪和奶奶對望了一眼，滿臉喜色：「曹大哥一諾千金！」

韓老太太顫巍巍地站起來：「未亡人代亡夫謝謝曹警官了。」

曹元明趕緊扶住韓老太太：「老太太，您請坐，不必多禮。」他神色鄭重地說，「說實話，對這個案子，我心裡一點底都沒有。超過10年的凶殺案偵破的可能性已經很低了，何況已經過去了60年，原始的物證幾乎不可能找得到，即使成立專案組，一年半載也未必有什麼突破，何況我一個人的力量是低微的，因此，我不能給妳們任何承諾。」

韓老太太說：「只要你專心追查，韓家上下就銘記你的大德！我相信亡夫的在天之靈會保佑你的，60年後，老天爺重新睜開了眼！我們不會對你設定期限，即使……最終仍沒有結果，也不能怪你，那只能是天意……」說到這裡，話音中充滿了淒涼。

「我知道警察機關的辦案經費一向緊張，但你不必擔心這個。追查此案的一切費用，都由世達公司承擔。不管最後有沒有結果，我們都有重謝。」韓吟雪說，「在查案時需要什麼幫助，我們都會全力滿足。」

曹元明整理了一下思緒，對韓老太太說：「韓世達先生之死既然確定為謀殺，那麼，就要從以下幾個方面考慮凶手的作案動機：仇殺、情殺、財殺。遇到類似案件，我們警察人員在偵查的過程中，最注重的就是受害人的人際關係和所處環境，通常會進行大量的資訊調查。雖然時隔多年，很多資訊失落了，但正因為如此，能回憶起來的資訊更顯珍貴，因此，希望您盡可能回憶一下當年的情況，細節越詳盡越好，回憶重點在於：韓世達先生平素為人如何？與鄰里和同事關係如何？與什麼人有結怨？與什麼人有過錢財來往和糾紛？請原諒，您還得回憶一下，他和其他女子有無感情糾葛？從案情看，『慈康』醫院裡的工作人員應該是重點調查對象，這方面的情況更要仔細回憶。」

韓老太太點了點頭，說：「這方面的情況我都記得很清楚，60年的情景，不知多少次在我腦子裡重演了。」她撫摸著枴杖追憶，過了一會兒說，「韓家雖然經商發達，祖先其實是郎中，靠行醫賣藥置下了最早的家業。民國時期西醫逐漸盛行，我公公比較通達，便將我丈夫送往『慈康』醫院當西醫學徒，也有多加磨練的意思。」

她說到這裡，側頭沉思，悠然神往：「那時他還是個少年，跟在道格拉斯神父身邊，皈依了基督教，成為一名虔誠的信徒，因此，他一直說，愛人如己，善待窮人，待人要寬容、平等。韓家世代行善，在當地修橋鋪路，接濟貧困，廣結善緣，他自幼知書達理，加之又信耶穌，為人謙和善良，很好相處，從不和他人吵架，一向沒有惹是生非的念頭，不可能與他人有仇怨。我公公是一家之長，主管財務大權，我丈夫平日只專注行醫救人，不管家裡的帳目，也沒有借錢給他人。他潔身自好，不賭博，不抽鴉片，從不尋花問柳，用情專一，不存在財殺或情殺的可能。」

曹元明沒有出聲，他要花點時間消化這段評價。

韓老太太對丈夫的評價充滿了感情色彩，簡直有如聖人，也許，韓世達真是一個完美的好男人，但就是這樣一個人，為什麼偏偏會引來殺身之禍、而且死得如此之慘呢？凶手活體肢解被害人，究竟是出於惡毒仇恨的宣洩，還是一種變態的嗜好呢？假如不是仇殺、情殺、財殺，難道會是殺人滅口？他又掌握了什麼不可見人的祕密而要被滅口呢？

曹元明問：「韓世達生前加入過什麼祕密組織嗎？或者說接觸過什麼機密事物嗎？」

他考慮到韓世達被害時間是1950年，正是特務活動猖獗的時期，會不會是韓世達觸及到了什麼潛伏組織的祕密呢？

韓老太太矢口否認：「沒有。這個問題，早在他失蹤時就有警察來問過，他們以為他潛逃了，所以有特務嫌疑。我跟他夫妻一場，他什麼都不會瞞我，他就是個安分守己的醫生，對政治一點都不感興趣，最厭惡的就是戰爭和黨爭。」

「您和韓世達先生結為伉儷是哪一年？」

「三十六年。」

「三十六年？」曹元明一怔。

「民國三十六年，噢，應該說是1947年。」韓老太太的思維並不像八十多歲的老人那麼遲鈍，「我們的婚禮就在『慈康』醫院的教堂舉行，道格拉斯神父是證婚人，他特地從美國趕來的。」

曹元明注意到韓老太太幾次提到「道格拉斯」這個神父，「慈康」醫院原是一家教會醫院，他問：「那位道格拉斯神父原來也是『慈康』醫院的嗎？」

「是的。他的父親老道格拉斯先生是美國基督教浸禮會的祭司，就是這家醫院的創始人之一。道格拉斯神父本人也學過醫，抗戰時被日本人關了牢房，有一次差點死掉，是我丈夫救了他。抗戰勝利後，他回美國了，1947年特意回來過一次，參加了我們的婚禮，1949年，道格拉斯神父又離開了醫院回美國了。」

曹元明點了點頭：「患難之交，果然非比尋常。」他想起了韓世達右手拇指缺失一事，問：「韓世達先生的右手拇指是怎麼回事？是先天的殘疾嗎？」

韓老太太緩緩搖頭：「不，是被人弄斷的。」

曹元明立刻追問：「您不是說韓世達先生不曾與人結怨嗎？誰跟他有這麼大仇恨？」如果把這個搞清楚了，很可能是條重大線索。

韓老太太說：「那是抗戰時期的事了，當時我還沒認識我丈夫呢！日本人占領了河山縣城，強占『慈康』醫院作為他們的軍隊醫院，醫院原來的人員被強迫留用了一部分，我丈夫就在其中。有一次，我丈夫不知因為什麼緣故惹惱了日本人，被他們用軍刀斬掉了右手的拇指。拇指沒了，等於一隻手的功能喪失了一大半，但他沒有自暴自棄，堅持用左手寫字、拿筷子，頑強地活了下來。」

「為什麼惹惱了日本人？」

「我丈夫不願談這事，只是說往事太慘了，不堪回首。」

曹元明嘆息了一聲，有些失望。韓世達被斬掉的拇指不但是一個人的悲劇，而且折射出那個時代的民族悲劇。但是，這起發生於抗戰期間的悲劇，和他幾年後的被害一事，應該沒有關聯。

「下面是重點，請好好回憶。1950年7月3日，就是韓世達先生失蹤的時間，在此之前的幾天，他有什麼反常的嗎？比如做過什麼奇怪的事，說過什麼奇怪的話？在這個日期的前後一段時間內，周圍有沒有發生什麼不尋常的事？」考慮到時隔多年，曹元明又補充說，「您不必按照我定的順序說，想到什麼說什麼，反正只要是韓世達身上出現過的言行，不管什麼現象，都說一下就是了。」

「這個我也無數遍回憶過了。」韓老太太沉思片刻，「那幾天的日常生活就和平常一樣沒什麼分別，就連他穿的衣服、吃的飯菜，都和以前一樣。那天早上，他穿的是白襯衣，藍西褲，都是去年做的，吃了一碗香米粥和兩個鹹蛋，夾著皮包就出門了。他走後，我去『錦和』布店取衣服，是訂做的一套中山裝和一套列寧裝，我丈夫說，現在提倡新風氣，我們穿過去的綢緞衣服不夠樸素。沒想到，這一別，就再也見不到他了……

第二天中午，他沒有回家，平常這個時候早下夜班了，我以為他在醫院忙，午飯熱了一遍又一遍，到下午，才有醫院的人過來通知我，我丈夫失蹤了，到處找不到人，我覺得天一下子就塌了……」

「韓世達先生失蹤的那天，誰是最後一個見到他的人？」

「一個一起值班的護士，原來是部隊的衛生員，剛轉到醫院的，名叫徐小芬，是個十八九歲的丫頭。她說，7月3日晚上9點多看見我丈夫接了一個電話，就出了病房，後來沒見人回來。她還以為人是回來了的，只是她沒看見，就沒有在意。第二天早上另一個換班護士去敲醫生值班室的門，發現門鎖著，裡面沒有人，一上午都不見我丈夫的人影，加上7月3日晚上財務室失竊，流言就傳開了，醫院保衛處的人到我家，說是通知家屬，其實是檢視，看他是不是回來捲了東西跑路，就沒有人想到他被害了。」韓老太太語氣中充滿了悲切。

「值班醫生失蹤了，一個晚上都沒人發覺？」曹元明覺得有些不可思議。

「這個我問過鄒衍，他說，過去醫院的住院病人很少，晚上大多沒有事，那時管理不嚴，一些小事護士就代為處理了。」韓吟雪說。

曹元明問韓老太太：「對於韓世達的失蹤，您當時怎麼看的？」

「我根本不相信我丈夫會偷東西，我們家境不錯，不缺那點錢。我丈夫和我感情很好，孩子剛出世，他疼愛得不得了，更不會離家出走。我一聽到消息就很害怕，擔心他是被壞人害了，去警局報案。警察說，現在地方上治安比較混亂，不時有特務分子搞破壞，還有很多閒雜人員，不排除我丈夫被害的可能，可是，找不到屍體不能立案，只能按失蹤處理。還說，有些人不是失蹤，只是離家出走，幾天後就會回來的。他們派了兩個人到醫院來，因為沒有立案，只是過問了此事，看了一下地方，問了一些人，我問他們有沒有發現什麼，他們說沒有。」

「那您還記得當年那兩位警察的姓名嗎？」曹元明問。

60年過去了，但願這兩位警察仍健在，還能記得些什麼，他們是專業人員，從這些前輩那裡，說不定能找到有價值的東西。

「記得，是警局偵查科的兩個警察，一個叫丁廣和，40多歲，禿頭，一個叫敖文年，20多歲的小夥子，酒糟鼻。」韓老太太對事關丈夫被害的往事有著驚人的記憶力，或許，正是這種記憶產生的仇恨促使她不惜一切地要追查真凶。

「記得警察的名字就好辦了。」曹元明心中一喜。

韓老太太繼續回憶往事：「丈夫失蹤後，我們家四處找尋，市政府衛生局和警局都派人在方圓幾十里的地方搜查，就是人蹤全無。照理就一個晚上，黑燈瞎火，他能跑多遠，難道他會上天入地？還是這世上真有鬼神？清平世界，朗朗乾坤，一個大活人怎麼會說不見就不見了呢？我整天流淚，淚水都流乾了，也沒了主意，三天兩頭去警局討說法，他們後來見到我就躲。我沒法子，找算命先生問卦，聽說河東的竇神算算卦很靈，當時政府不准搞這套，說是封建迷信，於是我只好深夜去找他，央求他算一卦，還包了重禮。他拿出一個碗裝滿米放在地上，點燃三支香插在米上，又把一碗清水放在旁邊，然後左手拿一隻小銅鈴，右手握一把小銅劍，嘴裡唸唸有詞地手舞足蹈起來，作法傳喚作祟的鬼神。跳了一陣後，他蹲下來，右手放下小銅劍，在盛米的碗裡抓起幾粒米投進盛水的碗裡，奇怪，竟有三粒米沉下後又浮起來！他說是定兆了，是陽（兩仰），勝（一仰一伏），陰（兩伏）兆，失蹤的人在城東的芳草湖。」

「芳草湖？就在這裡？」曹元明有些吃驚，又有些好笑。

「我聽了哪敢怠慢，心想莫非我丈夫遇到什麼事想不開跳湖自盡了？趕緊請了幾個漁民拿長竹竿做的魚鉤子在湖裡來回打撈，希望能撈到遺體，撈了好幾天，什麼也沒找到。前些年，我兒子回國，要在家鄉投資興業，我們就在這裡買了地，置了房，只盼蒼天開眼，能沾到我丈夫的靈氣，託夢告訴我們他的下落，唉……開發芳草湖時，又請人仔細檢視了湖底，仍舊是一無所獲。」說到這裡，韓老太太眼淚又出來了。

第四章 會跑的人頭

夜風從窗戶吹了進來，韓老太太微微打了個寒顫。立秋時節，深夜的風還是有點冷的。她畢竟是位82歲的老人了，說了這麼久，勾起了那麼心酸的往事，已經有些體力不支了。

韓吟雪看了一眼牆上的掛鐘，已經是晚上10點了，曹元明明白她臉上的關切，又簡短地詢問了韓世達的宗教信仰、經濟情況、生活習慣、日常嗜好、親朋好友、社交關係等情況，然後說：「時間不早了，今天就到這裡，老太太早點休息吧！下次再約時間請問您。」

韓老太太點了點頭，忽然想起了什麼，說：「對了，有一件我感到怪異的事，在7月3日失蹤那天早晨，天剛矇矇亮，我就被我丈夫的一聲尖叫喊醒了，他身上都是冷汗，說是做了個噩夢。」

「噢，他夢到什麼了？」曹元明問。

「他說，又夢見了那個會跑的人頭。」韓老太太的話裡有一股陰森森的寒意。

一旁的韓吟雪吃了一驚，輕輕地「啊」了一聲，顯然，她也是第一次聽說這個可怕的夢。

曹元明悚然一驚，問：「會跑的人頭？怎麼回事？是哪個人的頭？」

「我也這麼問他，他什麼也不回答，但臉上的表情，是那麼的恐懼，兩眼空洞地看著窗外，彷彿那裡藏著什麼可怕的東西會隨時跳進屋子，讓我也害怕起來。」

「他說『又』夢見，就是說，以前也做過同樣的夢？」

韓老太太回想了一下，說：「嗯，我記得在那好久之前，他也被同樣一個噩夢驚醒過。」

「那一次是在什麼情況下做的夢呢？我的意思是，他白天遇到過什麼可怕的東西嗎？」

韓老太太回憶良久，搖了搖頭：「這個就記不清了，好像是剛結婚的時候，做夢時的情況……記不得了……」

「您再想想。」曹元明繼續啟發，「兩次晚上做同樣的噩夢，那麼，在這兩個白天有沒有什麼共同的地方？」

難道這個夢魘是韓世達被害前的凶兆？不，身為一個唯物主義者，曹元明認為夢境與凶吉禍福無關，他想：「日有所思，夜有所夢，韓世達一定是看到了什麼引起他極大恐懼的人或者事——這種恐懼平時是深藏內心的——刺激了大腦皮層，這才會做這樣匪夷所思的夢。如果這樣的夢魘不止一次，那麼，類似的情況可以作為一個對照參考，說不定能提示某些被害線索。」

韓老太太回憶時不斷地撫摸枴杖，臉上顯出吃力的表情，良久，還是搖了搖頭：「我真是老了。」

「老奶奶，您別急，想到了再聯繫我。」曹元明微一沉吟，又問，「韓世達生前有寫日記的習慣嗎？或者，他在失蹤前留下過什麼比較特殊的遺物？」

一個人所寫日記的內容，來源於他對生活的觀察和體驗，能在相當程度上還原他的內心世界，如果有死者的日記，那麼，從中往往能發現一些有價值的線索。

遺憾的是，韓老太太再次搖頭。

這次談話就此結束了。韓老太太扶著孫女站了起來，緊緊握著曹元明的手：「沉冤昭雪，追拿凶手，全靠你了。」她乾枯的雙手，卻讓曹元明感到了沉甸甸的分量，那是橫貫整整六十個春秋的昭雪沉冤的重託！

樓下，鄒衍靠在客廳沙發上無精打采地看電視，見到韓吟雪和曹元明下來，精神一振，說：「漫長的回憶錄結束了？」

韓吟雪歉意地笑了一下：「真不好意思，讓你久等了。」

鄒衍聳聳肩：「沒關係，談得怎麼樣？」

韓吟雪說：「這得問你大哥了。」轉頭問曹元明，「曹大哥，請坐。你覺得這個案子有多少把握？需要什麼，儘管開口。」

「我需要線索。」曹元明拍了拍沙發的扶手，「不是我故弄玄虛，也不是打擊你們的希望，我說句實話，這個案子破不了，不奇怪，破了，反倒是個奇蹟。」

韓吟雪秀眉微蹙：「因為證據太少？」

曹元明點了點頭：「老太太儘管能回憶一些當年的人和事，但都是些片段。」

「可是我奶奶說，她對當年我爺爺失蹤一事的記憶是清晰而完整的。」

「這是老人的主觀看法，時間對記憶的影響非常之可怕，而且，記憶是有選擇性的，通常會過濾掉那些不符合自己既定意願的東西。」曹元明形象地比喻，「人的記憶就像是河邊的鵝卵石，隨著時光之河的沖刷，不斷地流失，留下的石子形狀也會發生改變。即使是這些留下的，也不一定是與本案有關的，而有關的很可能早就遺失了。」

「證據少，可以用高超的推理來彌補。著名的哥德巴赫猜想和哥白尼的『日心說』，都是推理出來的。福爾摩斯偵探就是一位推理大師，能用很少的證據找到真凶。」韓吟雪並不認為這個難題不可克服，她接著舉例，「上次吃飯時，你說起的女孩失蹤案，不是也沒什麼線索嗎?你照樣很短時間就找到她了。像我爺爺這樣的案子，你們的破案流程是怎麼樣的?」

曹元明解釋:「那個案子和我們這個案子沒有可比性，一個是才發生了幾天，一個是已經過去了幾十年，因此，我那時說的『傳統式破案』不適用於這個案子。假如你爺爺的案子發生在今天，按常規的偵查程序，醫院所有的人都要進行盤查，要說明案發當晚的行蹤去向，並提供證人，醫院當晚所有監視器記錄下的影像都要檢查。可是60年後還怎麼查？刑事偵查中，推理確實是必不可少的手段，但推理要建立在對物證和線索的分析上，然後做出結論。沒有物證基礎的推測沒有任何意義。福爾摩斯是藝術化的虛構人物，在我們的現實中，這個案子過去這麼多年，找不到留下的指紋、腳印等物證，只有被害人的法醫檢測，無法形成完整的證據鏈，無法進行犯罪現場調查和犯罪實施過程的推理。」

韓吟雪堅持己見：「愛迪生公司爆炸案是一起真實的推理案例，犯罪心理學家布魯塞爾博士僅僅從凶手的一封匿名信上，就分析推理出這名凶手的性別、年齡、居住地及患有何種疾病，從而幫助警方抓獲了凶手。」

曹元明苦笑了一下，這姑娘或許看過了幾集柯南、金田一，就覺得自己有神探的潛質了。他理解被害家屬的心情，不想再反駁，說：「妳奶奶走路好像不需要拐杖啊，她一回憶起來老是撫摸這根枴杖？」他注意到，韓老太太手裡拿的是根紅木鑲白銅的精緻手杖，看成色年代已經很久了，被摩挲得發亮。

韓吟雪說：「那是我爺爺當年用過的遺物。」

曹元明這才恍然，青年男子帶文明棍可是民國時期的一道風景。他問：「妳們家在河山市還有和妳爺爺相識的親屬或者朋友嗎？」他想多方了解一下韓世達的情況。

韓吟雪的回答澆熄了他的希望：「老一輩人，出走的出走，老死的老死，沒剩下一個，現在冒出來幾個八竿子打不著的遠親，誰都不認識誰。」她鄙夷地撇了撇嘴，想來韓世達的後人衣錦還鄉，有些趨炎附勢之人前來攀親。

鄒衍不耐煩地打了個哈欠：「都深更半夜了，你們就別談這個了，走，出去吃宵夜，我請客。」

韓吟雪說：「我要照顧奶奶，不去了，你替我送送曹大哥。」

韓家的司機開車把曹元明和鄒衍送到市區，下車時，把一個厚厚的牛皮信封塞到曹元明手裡。曹元明開啟信封，裡面一疊厚厚的紙鈔，是十萬元。他抬頭一看，汽車已經遠去。他皺緊眉頭，把信封遞給鄒衍：「幫個忙，把這個還給你這位女朋友。」

鄒衍說：「拿著吧，不是要替你師傅做心臟支架手術嗎？這是你應得的，幫人做事不能一點酬勞都不要吧？」

「原來你替我想的辦法就是這個啊！」曹元明把裝滿錢的信封塞到鄒衍口袋裡，「你們啊，還真把我當成了拿人錢財、替人消災的賞金獵人了？但是，我是一個警察，不能接受這個！」

「會跑的人頭」，在回去的路上，這話一再浮現在曹元明的眼前。夢，是窺探內心的一面隱祕之鏡，是另一種虛幻卻真實的人生體驗。這個人頭，是韓世達現實中看到過的場景，還是某種精神問題或心理、宗教方面的暗示？這個夢和韓世達的被害，是否存在某種連繫呢？曹元明的腦子裡縈繞著大大的問號。

夢是通往人內心世界的一把鑰匙，現在掌握的線索太少，哪怕是一個離奇怪誕的夢，也不能輕易放過。

人頭離開了人體還會跑動，從現實上說是沒有可能的，從心理學方面考慮，人頭代表思想觀念，沒有身子，表示沒有其他實行與行動的可能……

由於韓老太太回憶中給出的訊息太少，曹元明無從想像這個恐怖畫面後面隱藏的東西，躺在床上翻來覆去地思索，還是理不出頭緒。

「你怎麼了？」一旁的汪敏發現深夜了丈夫還沒睡，「身體不舒服嗎？傷口疼？」

「沒有，我很好。」曹元明翻了一個身，心想：「這個夢只有先擱下了，明天先去找法醫問問情況。」

翌日一早，曹元明開啟抽屜的鎖，拿出一個黑色的大筆記本，在一張空白頁上寫下了「韓世達被害案」幾個字，接著開始畫表。

汪敏正在熱牛奶，一看到曹元明拿出這個本子，便老大不高興：「你幹嘛呢？不是說以後不在刑警隊了嗎？」她見過這個本子，平時曹元明辦案時，總是習慣帶著這個又大又厚的筆記本，將被害人生活中每個細節記錄在內，比如哪個階段與誰在一起，曾對家人說過什麼重要的情況等資訊列成表格，唯恐漏了某一點、某個人、某件事，錯過重要線索，調查就是圍繞著這些表格展開的。

曹元明咕噥了一句：「沒幹嘛。」

「那你翻這個筆記本幹嘛？」汪敏火氣一下子上來了，從廚房出來，要看他在本子上寫什麼。

「唉，就要離開刑警工作職位了，我拿出來懷舊一下，不行嗎？」曹元明合上筆記本，夾在手臂下，拿了一個饅頭邊走邊啃，出了門。

「你不是休病假嗎？一大早要去哪裡？」汪敏追了出來。

「我去局裡道個別。」曹元明含含糊糊地說了一聲，鑽進了汽車。

曹元明先去了市警局刑事偵查分隊，找到了副主任法醫孟清。乍看之下，這位個子瘦小、皮膚白皙的中年婦女文靜平和，不像從事法醫工作二十多年的老法醫。實際上，她可是河山市的法醫權威，不畏現場的惡劣條件，仔細檢驗每具屍體、每件物證，以女性特有的耐心細緻和豐富的檢案經驗，提供了大量定罪證據和偵破線索。曹元明去找這位老熟人，是希望得到更多關於韓世達的驗屍細節。

河山市警局正籌資一千五百萬元建設刑事技術DNA實驗室，身為負責這一專案的主要專業技術人員，孟清廢寢忘食進行了大量的籌劃準備工作，在百忙之中接待了曹元明。

曹元明說明來意，孟清說：「這家人真是鍥而不捨，找上你這個刑警楷模了。」

曹元明有些不好意思：「孟主任，您就別笑話我了。我也是受朋友所託，話說回來，人死得這麼慘，雖然過去多年，但不給家屬一點交代，我總覺得這是警察的恥辱。」

孟清點了點頭：「屍體是一個人留在世上最後的證明，我們的工作就是傾聽亡靈之聲，不過，」她說到這裡，換了一種遺憾的口氣，「這個案子，我還真幫不了你什麼，這不是說涉及紀律，而是除了你已知的，確實沒有多少有價值的東西。說實話，韓家所託的人不止一個，你並不是第一個來打聽的。連我們籌建刑事技術DNA實驗室，韓家也表示要出資幫忙，當然，我們拒絕了。」

這話從閱屍無數、明察秋毫的孟清嘴裡說出來，令曹元明多少有些洩氣。他有些不甘心地問：「裝屍骨的麻袋是什麼材料？」

「是當年很常見的黃麻，麻袋是裝米的，死者口腔裡塞的布團也是這個，都已腐爛不堪，所以很難以此為線索進行調查。除此之外，現場沒有發現其他物證。」

「聽我師傅說，分屍時被害人可能還未死亡，凶手害怕被害人醒轉呼救，在他嘴裡塞上了布團。」

「不是可能，幾乎可以肯定，韓世達是被活體解剖的。」孟清冷靜的話音裡透著憤怒，「屍骨的多枚牙齒間隙裡都殘留有黃麻纖維，這說明死者曾經拚命掙扎過，並試圖呼救，十分痛苦，否則不會留下這些東西，他是被漸漸折磨死的，也就是說，是解剖中死去的。」

曹元明悚然：「這麼說，凶手和韓世達有深仇大恨？」

孟清從自己的角度歸納了對韓世達之死的看法：「第一，埋屍地點不是殺人第一現場。第二，凶手不像是屠夫，而是外科醫生。第三，從熟練的分屍手法看，凶手很可能有類似作案經驗。」

曹元明問：「嗯，您說不是屠夫？」他此前把凶手職業設定為屠夫和外科醫生。

「這是從殘留在骨骼上的刀痕推斷的，我用立體顯微鏡看過，刀痕細小而俐落，只有外科醫生有這樣鋒利短小的工具。從手腕腳踝脖子等斷口看，不是剁下來的，是用手術『解』下來的。屠夫做的是粗活，這個是細活。」孟清所能提供的資訊，就是這些了。

曹元明道了謝，告辭而去。他整理了一下思路，對於韓世達一案，現在要從兩方面著手，一方面是韓世達的社會關係和他失蹤前後周圍的反常情況，韓老太太已經提供了一些資訊，除了她，還要詢問更多的知情人，比如當年韓世達的同事，還有辦案的警察；二是要對當時河山的所有醫生特別是外科醫生進行全面的調查，這個看似大海撈針，但當時醫療條件落後，能熟練進行手術的醫生寥寥無幾，只要能弄到完整的名單，調查起來的工作量並沒有想像的那麼大。

離開市警局後，曹元明從銀行領了錢，提了一籃水果，趕去醫院看望師傅，一是想打聽一下韓老太太提到的當年兩個辦案警察：丁廣和、敖文年，前者當年已經四十多歲了，現在肯定不在人世，後者當年二十多歲，現在有可能還在，師傅在河山警界摸爬滾打了三十多年，說不定認識這個人；二來，想悄悄地幫師傅墊付一部分醫藥費。

不料，他一到病房，發現病床上換了個病人，便問一個換鹽水的護士：「前幾天住這床的陶鴻呢？」

護士回答：「今天一早就出院了。」

曹元明有些意外，問：「不是還要做手術嗎，你們怎麼能放他出院？」

護士說：「腿長在病人身上，他要去上班，我們哪能管得了這麼多。」

曹元明有點急，說：「病人心臟不好，應該多休息，怎麼能讓他去上班？」

護士不高興地說：「我們這裡的病人個個心臟都不好，醫院又不是派出所，還能扣著他不放？」

另一個年紀較大的護士解釋說：「這位老爺子也真是，我們主任跟他談過幾次了，死活不肯做手術，說工作忙，要出院，我們不是沒勸過，他不聽，只好讓他辦出院手續了。」

先前那個護士說：「我看哪，他是不相信我們醫院的技術，不捨得花錢，工作什麼的，不過是藉口啦！」

曹元明鬱悶地把一籃水果交給那個年歲較大的護士：「麻煩妳們了。」

曹元明來到了城南分局刑警大隊，這是他出院後第一次回到這個熟悉得不能再熟悉的地方，感覺既親切又尷尬，迎面遇到了內勤女警小陸：「喲，老曹，看你這紅光滿面，恢復得不錯嘛！怎麼有空到這裡來了，搬東西吧，要幫忙嗎？」這番夾槍帶棒的話聽得曹元明很不是滋味。

這時，陶鴻聞聲探頭出來：「妳這丫頭，尖牙利嘴的毛病就是改不了。元明來了，到我辦公室坐坐。」

曹元明一進房間，陶鴻就把門關上，從抽屜裡拿出一卷鈔票塞到他口袋裡，說：「誰讓你替我墊付醫藥費的？」

「師傅，你這是幹嘛？」曹元明丈二金剛摸不著頭緒，把陶鴻的手推開。

「早上我出院結帳，醫院說我的錢已經有人付了，不是你小子還有誰？」

曹元明本來是有這個打算，但看來有人搶先了，他略一思索，便明白了：「可能是韓家的人付的。」

「什麼？」這會兒輪到陶鴻糊塗了。

於是，曹元明把韓老太太委託自己調查韓世達被害案的事情，一五一十地說了。

陶鴻聽了，思忖不語。

曹元明有些忐忑：「師傅，我做得對嗎？」

陶鴻說：「你答應了他們，這沒錯。至於錢，我們不能收。」

曹元明應了一聲：「是。」又問，「師傅，你怎麼看這個案子？」

陶鴻不答，反問：「刑事案件中，破案率最低的是哪一類？」

「竊盜案。」曹元明覺得這是一個簡單得不能再簡單的問題。

「為什麼？」

「案發率高，警力有限，還有就是關注度不高，上級重視不夠。」曹元明有點納悶，這還用問嗎？

「這只是一方面。另一方面，這和犯罪分子的經驗有關，你想過嗎？」

曹元明怔了一下：「嗯，這倒沒有細想過。」

「在這裡，連環凶殺案少見，殺人案中大部分是臨時起意、激動殺人，犯罪的誘因，可能是難以化解的糾紛，也可能是長期的積怨。這些殺人凶手缺乏犯罪經驗，而警察有豐富的偵查經驗，有經驗的對付沒經驗的，案子就容易破。但是，竊賊多是慣犯，扒手是要拜師學藝的，能在不讓受害人察覺的情況下犯罪，是門技術，這也就對我們的偵破帶來了難度。」說到這裡，陶鴻頓了一下，「殺害韓世達的凶手，做的也是技術工作！而且，這其中的技術含量，非同一般吶！」

「你是說，這是連環凶殺？」

「在沒有找到其他受害者之前，不能下這個結論。不過，我們可以想像一下凶手作案時的從容和鎮定。即使殺人第一現場不是埋屍地點，但也不會離太遠。你想，在那個年代，一到晚上街上基本沒有行人，醫院大門又有守衛，凶手不可能在醫院外面殺了人，再拎著裝屍塊的兩個麻袋跑進醫院掩埋，這老早就會被人注意到了，而且，當時韓世達是在醫院內值班的，因此，殺人第一現場就在醫院內。」

曹元明點了點頭，這和孟清認定凶手是外科醫生這一點是吻合的。凶手把韓世達擊倒，捆綁，分屍，再將屍骨、內臟分門別類疊好，最後埋屍，清理現場，這個過程不是簡簡單單幾分鐘就能完成的，他能在醫院這個人來人往的地方有條不紊地把這一切處理好，肆無忌憚到了令人髮指的地步。只有熟悉本院情況的外科醫生才能這麼沉得住氣。

陶鴻繼續說：「凶手既殘忍，又有經驗，很可能是具有『犯罪人格』的人所為，這類人較長時間地脫離正常人的情感反應，對人的生命已經麻木。同時，他還有一個無比強大的盟友——時間，時間從來就不會站在我們這一邊，所以，現在要對凶手進行心理畫像也無從談起。60年啊！就算是當年出生的嬰兒，現在也已年過花甲，我當了一輩子刑警，從來沒遇到過跨度這麼長的案件，這麼長的時間，足以抵消我們所有的優勢。」

曹元明沉默了，師傅的意思很明白，他也深知其中的艱難，說：「看來，下一步是調查當年的外科醫生了。」又說，「另一個當務之急是找到第一現場，不過60年來醫院的面貌發生了很大變化，這個首先得還原當年的醫院地圖。」

陶鴻點了點頭：「這個你可以找鄒衍，透過他父親找當年的檔案，這些醫生，還有建築物，都是有存檔的。另外，你要找的敖文年，我認識，這個我來幫你。」

曹元明又驚又喜：「您認識這位前輩？」

陶鴻笑了一下：「他是我的師傅，1980年代，我剛入行時，他帶過我幾年，教會了我很多東西。」

「那就是我的祖師爺了。」曹元明說，「怎麼沒聽您提過？」

「他都退休二十多年了，退休的時候，你還穿開襠褲呢，怎麼會知道他？」陶鴻若有所思，「他可是我們河山警界的『活化石』啊，我們這邊的大案要案，他都瞭然於胸。看來，又要打擾他老人家了。」

「那他現在身體好嗎？」曹元明小心翼翼地問，八十多歲的老人，很多已經沒有獨立生活能力，頭腦口齒都不靈光了，能不能參與調查這可是個問題。

「老頭子身體硬朗著呢！我上個月還去看過他，食量比我還好，等一下我和他通個電話，我們老中青三代刑警好好聊聊。」

曹元明連連點頭。

這時，門「咚」地一聲被推開了，臧進榮闖進來，衝著陶鴻說：「老陶，有大案子了，老夏他們已經趕過去了，你帶小宋過去支援，小宋現在車裡等你。」

曹元明和陶鴻立刻站了起來，陶鴻問：「出命案了？」從臧進榮氣急敗壞的臉色看，案子非同小可。

臧進榮點了點頭：「有人報案，廖家巷出租屋死了一個小丫頭，人斷了氣，手腳還被綁著，血流了一地。」

樓下的院子裡，警笛一聲接著一聲地響了起來，警車一輛接一輛開了出去。

陶鴻二話不說戴上帽子就出門，曹元明下意識地跟上去。在治安狀況良好的河山市，這是少見的凶殺案件。

臧進榮說：「元明就別跟去了，你不是在休假嗎？以後進了政府機關，更不用趕這個場子了。」

曹元明訕訕地說：「臧隊長，調去機關的事，我還沒想好……」

臧進榮說：「我不是這個意思。我問你，市立醫院的白骨案，韓家找過你了？」

曹元明「嗯」了一聲，見臧進榮臉色不豫，說：「臧隊長，我覺得，這個案子雖然過了追訴期，但我們應該管……」

臧進榮手一揮嚷道：「胡扯！你又不是不知道，分局還壓著三起命案，五六起持刀搶劫案，這些案子破不了，年底考核我們又要吃大虧！這不，今天又是一起。我們就這點人，這點辦案經費，手裡的指標都完成不了，哪有工夫管這個幾十年前的舊案？」

曹元明默然無語。

「有錢人的命是命，別人的命就不是命？那些死者的親人，哪個不是悲痛欲絕，誰不想早日將凶手繩之以法？你我都是明白人，這個白骨案偵破的機率不到千分之一，其他的命案，偵破的機率起碼比這個大得多！我們能在這個案子上浪費有限的警力資源？你剛做手術，就為這個白骨案東奔西走，你是頭腦發昏還是拿人好處了？」

臧進榮越說音調越高，曹元明面紅耳赤：「我沒拿人好處。」

隔壁的教導員杜峰聽見聲音進來了，對臧進榮說：「老陶他們還在下面等著呢！」臧進榮臉色鐵青著出了門。

杜峰對曹元明說：「你別計較臧隊長的態度，他是為你惋惜，你現在身體還沒康復，要多休息。」

曹元明說：「我明白，不會介意。」隊裡出命案現場，他卻成為旁觀者，心裡有一種強烈的失落感，他突然感到，即使自己調到了市政府坐辦公室，但生命中的一部分已經和刑警隊融為一體了。

杜峰說：「這韓老太太都八十多了，還這麼固執，心情可以理解，但我們刑警隊不是她家公司的保全，這事我們管不了。她家人如果有門路，可以向最高警察機關報案，不過這些程序都要時間。這個案子沒那麼簡單，你不要輕易就答應人家，三思而行啊！」

曹元明怏怏地離開了分局，打電話給鄒衍，請他幫忙找醫院的舊檔案，鄒衍說晚上值班，叫他晚上來醫院再談。

晚上，曹元明到了市立醫院，進了醫院後，不由自主地先去了發現韓世達遺骨的「八角樓」，周圍的施工已經停了，沒有一個人。黑漆漆的大樓在城市夜空的光芒下靜靜地佇立，既古樸典雅又充滿神祕氣息，與旁邊的現代化病房大樓相比，它彷彿是一座拉上了帷幕的巨大舞臺，不屬於這個時代。

夜風習習，曹元明走到樓下，撫摸了一下斑駁的牆面，這些歷經百年滄桑的牆磚瓦片，無聲地嗟嘆著歷史的清冷和悠遠。它們都是歲月的見證者，要是會說話就好了。他靜立片刻，嘆息了一聲，向急診大樓走去。

急診亂糟糟的，醫院就是這樣，到了晚上仍然忙碌。曹元明和鄒衍邊談邊走，還沒說上兩句，一個年輕醫生急匆匆地穿過走廊找到鄒衍，手裡拿著門診病歷：「鄒老師，我覺得這個病人很可疑。」

「小張，別慌，有什麼可疑？」鄒衍停下了腳步。

「可疑的子宮外孕。」小張醫生壓低了嗓門，「替病人檢查時，發現她腹肌緊繃，麥氏點局限性壓痛伴隨反跳痛，腹膜刺激症狀的三點都具備，肚子裡不是有炎症就是有出血。她說是闌尾炎，我看不像，讓她朋友出去，悄悄問她，有沒有性生活史，有沒有停經，她一再否認，還滿臉的不高興。我沒輕信她，讓她去驗小便，跟她說是尿常規，其實開的是HCG的單子，結果一出來，陽性。」說著把化驗單遞給了鄒衍。

鄒衍接過病歷翻看了一下，說：「好小子，第一次在普通外科值急診班，就知道詢問人家女孩子的性生活史，偷偷摸摸化驗HCG，還真有些心思，不錯，立了一功。」得到老師的誇獎，小張臉上露出了得意之色，就像一個剛入行的偵探偵破了一個重大要案。

「現在病人呢？」

「去廁所了，她說想大便。」

鄒衍臉色一變，問：「去了多久？」

「大概十幾分鐘吧！」小張見鄒衍臉色不對，忙問，「怎麼了？」

「趕快讓她同學去廁所找人，快去！」

不一會兒，陪著來的那個女同學慌慌張張地跑過來，連聲說：「不好了，媛媛暈倒在廁所裡了！」

鄒衍立刻帶著小張叫上護士趕往廁所，把那個女孩抱了出來，放到病床上，一面叫護士量血壓，一面拿了一個針筒，用兩根蘸了碘酒的棉棒在女孩右下腹麥氏點消毒，不打麻藥，直接一針下去，回抽出了暗紅色不凝血，這時，護士報了血壓：「收縮壓五十，舒張壓測不出。」鄒衍轉頭對小張說：「通知婦產科急會診，通知手術室和麻醉科，準備急診手術。」對護士說：「開通靜脈，心電血壓監護，抗休克治療，準備送手術室。」對陪同的女同學說：「病人內出血診斷明確，要馬上手術，否則就會沒命！趕緊通知家屬過來，要簽字，手術可能要切除一側輸卵管和卵巢。」那個陪同的同學一聽臉都嚇白了，趕緊掏出手機打電話。

這邊風風火火地把女孩送往手術室，那邊婦產科的主刀醫生就過來接了病人。很快，一個高大英俊的小夥子出現在急診，他是這個女孩的男朋友，但一聽病人有生命危險，手術要切除一側卵巢和輸卵管，頓時猶豫了，問：「會影響以後的生育嗎？」

婦科醫生說：「會有一定影響，但只有一側卵巢也能生育。」

小夥子一聽，拿筆的手又縮回去了，期期艾艾地說：「還是等她爸媽來吧！」

「她爸媽要什麼時候來？」婦科醫生不耐煩地問。

女孩的女同學說：「還不敢告訴她家人呢，她家教很嚴。」

小張驚魂未定地回來了，把這些告訴了鄒衍，問：「鄒老師，你怎麼一聽女孩要上廁所就知道大事不好？今天要不是你趕到，這個病人可危險了。」

「你小子，今天立功了，又差點闖禍了。」鄒衍侃侃而談，「子宮外孕的病人突然說要大便，往往意味著已經有小股滲血，人往高處走，血往低處流，血液會聚集在盆腔最低的部位，也就是直腸的前方，血液刺激腸壁就會產生肛門墜脹感和便意，病人哪裡知道，以為真要大便就去上廁所，這一蹲下去，一旦出血不止就再也站不起來，甚至發生嚴重的外傷和磕碰。還好她是在醫院，如果是在哪個鳥不拉屎的地方，沒人發現，就一命嗚呼在廁所了。廁所歷來是急症重症發生的重災區，老年人用力大便發生心肌梗塞腦溢血的，滑倒骨折的屢見不鮮。許多國家的醫院廁所裡都有呼叫警鈴。這麼一個年輕女孩子如果有個三長兩短，家屬鬧起來保管比厲鬼還凶惡，你剛入行，凡事都得多小心，為了病人的安危，也為了自己的前程。」

一番話說得小張和周圍幾個實習醫生連連點頭，大感受益匪淺。

曹元明在一旁目睹了整個過程，挺為這個拯救生命的朋友自豪，說：「想不到婦科的東西你也這麼在行。」

鄒衍笑了一下：「子宮外孕本來就是急診的常見病，算不了什麼。術業有專攻，你能做的，我就做不了。」

曹元明拍了一下鄒衍的肩膀：「好小子，學會謙虛了。說實在的，你處理病人的時候可真帥。」

鄒衍說：「這算什麼，我真正帥的時候是替人開膛破肚，可惜你見不到。」

曹元明「哈哈」一笑：「剛謙虛一句，又自誇起來。當時我躺在手術檯上人事不知，不然一邊看你手術，一邊和你胡扯，倒也有趣。」

幾個護士在一旁竊竊私語：「這麼斯文漂亮的大學生，不過19歲，家教還挺嚴的，居然懷孕了，真是……」

「妳太落伍了，現在中學生懷孕的都不少見。」

「越是漂亮的女人越隨便，妳不覺得嗎？」聽到這些議論，鄒衍嘴角忽然閃現一絲冷笑，「這女孩第一胎就給了一個毫無擔當的毛頭小子，兩人以後肯定沒結果，到時候不知要騙哪個傻小子來接盤。」

曹元明怔了一下，說：「鄒衍，你別沒正經，不要歧視女性，我們都是女人生的。那個韓大小姐不是挺優秀嗎，你呀，就把以前的花心收一下，認認真真談次戀愛，風流一時，總不能風流一世。」

「風流一世又怎麼了？牡丹花下死，做鬼也風流。」

「你真的要做風流鬼？」

「呵呵，風流鬼有什麼不好？19世紀法國三大文豪，都德、莫泊桑、福樓拜，都死於梅毒，不一樣被後人敬仰？」

「等等……都德，就是那個《最後一課》的作者？」

「對，就是他。」鄒衍見曹元明一臉驚訝，難以置信這個崇拜的文學大師成為風流鬼的反面教材，他要的就是這個效果，「我知道你喜歡都德，不過小說家嘛，都是胡編亂造。《最後一課》的故事發生在阿爾薩斯，其實，阿爾薩斯人的母語本來就是德語，當地學校一直用德語教學，17世紀該地被法國併吞，法語才是外來占領者強加在阿爾薩斯人頭上的語言，普法戰爭法國戰敗，把阿爾薩斯割讓給普魯士，當地人絕大部分都是贊同的……」

「好了，好了，你就別長篇大論了。言歸正傳，幫我搜集一下醫院60年前的老資料。」

「這是吟雪的事，我當然不會袖手旁觀。」鄒衍來到辦公室，拿出一本厚厚的書，是醫院為百年院慶編纂的《河山市立醫院百年院志》，另外還有一張空白的病歷紙，寫著現在仍健在的幾個60年前的老職工的名單和聯繫方式。

要偵破疑案，就要盡量收集一切相關的資料。曹元明馬上翻開院志，裡面記載了醫院百年歷程中的重大事件。

河山市立醫院起源於1910年美國基督教浸禮會出資設立的教會醫院，1949年，病床數達到80多張，設立內、外、兒、婦、眼科，日門診400人次，有X光機一臺，顯微鏡兩臺，高壓消毒器兩臺。醫師有內科10人，外科8人，兒科2人，眼科1人，未明確分科醫師3人，護士45人，助產士4人，藥劑師10人，檢驗員4人，總計87人。醫院能做闌尾、疝修補和因骨盆狹窄的碎胎術等手術，在當時已經頗有影響力，周邊縣鄉有不少病人慕名前來就診。1949年以前，該院歷屆院長均由外籍傳教士和醫師擔任。

翻到1950年一欄，記載的內容主要有三條：一是這年2月，「慈康」醫院改名為「第一人民醫院」（更名「市立醫院」是在2005年）；二是6月下旬，為增加地方醫院人力，政府抽調了一批醫護人員到第一人民醫院工作；三是12月，醫院抽調精幹醫護人員組成援朝醫療小組，短期培訓後，於翌年1月開赴朝鮮，小組由兩名醫生和兩名護士組成，並提到，其中一名醫生在朝鮮犧牲。

1950年是醫院歷史上的一個重要發展時期，院史記載：「我院業務從此穩健發展，到今天規模和技術水準在我市已是首屈一指。」

韓世達是1950年7月3日被害，如果說在這段時間他周圍發生過什麼不同尋常的事的話，那麼，當年6月，政府抽調人員到這家醫院，這應該算是一樁大事。

但是，由於歷史久遠，當年醫院的員工名冊沒有保存下來，醫院原有的員工和這些調派進來的人員並沒有完整的名單，院史裡只記載了醫院主要高層的姓名。現在想要追尋這些人的檔案，猜想也沒有什麼希望。

曹元明的心沉了下來。

鄒衍說：「你別灰心，我爸說，如有需要，醫院可以協助你的調查，醫院病案庫還保留了一部分當年的老病歷，從病歷簽名上可以還原一些當年的醫生姓名，說不定有用。」

曹元明說：「好的。沒有醫院的協助，確實很難查下去。」

鄒衍又說：「我爸還提到，調查不要大張旗鼓，不要搞得滿城風雨。」

曹元明點了點頭：「我明白。」如果讓老百姓知道市立醫院多年前有一個嗜血變態的外科醫生，會對醫院帶來不良影響。

這時，曹元明手機響了，是韓吟雪的電話。

「曹大哥，我奶奶想起來了！」韓吟雪在電話裡急促地說。

「想起什麼了？」

「奶奶說，那個會跑的人頭的噩夢，我爺爺以前也做過一次，現在，她終於記起是什麼時候的事了。你有空的話，來我家一趟吧！」

「好，我馬上過來。」曹元明放下手機，和鄒衍打了招呼，疾步出了醫院。

鄒衍雙手插在白袍口袋，無奈地吹了聲口哨：「怎麼偏偏今晚值班。」

曹元明驅車趕到芳草湖小區，韓吟雪把他迎進了家。

夜已經深了，韓老太太還坐在客廳裡，韓吟雪斟上熱茶，曹元明呷了一口，茶香濃郁，甘醇爽口，是上好的龍井，精神為之一振，奔波一天的倦意大消。

「上次曹警官走後，我就一直在回想，總算想起了，那個噩夢我丈夫說起過兩次，除了失蹤那一天，還有一次是我們結婚後，他帶著道格拉斯神父去千巖山遊玩，又去石橋鎮的成化寺燒香許願，回來後，就做了這個噩夢。」

曹元明有些奇怪：「我記得您曾說過，韓世達先生是一位虔誠的基督徒，怎麼會去寺廟裡拜菩薩？」他從院史上得知，「慈康」醫院建立之初宗教色彩濃重，要求工作人員人人信教，不但如此，每日門診前都會由傳教士宣講教義，勸導病人信教，然後開始掛號。

「這個我也問過，他說那是救命菩薩，每年都會去拜的。」

「救命菩薩?請仔細說說。」

「他沒有跟我細說，提到這個他臉上總是很悲傷，他不願說，我就沒細問。」

看來韓世達是一個很內向的人，即使是結髮妻子，也不了解他的內心世界。

「這個夢很重要嗎?」韓老太太覺得自己的回憶太模糊了，有些不安。

「噢，現在還不知道重要不重要。不過，能多回憶一些事情，總是好的。」

曹元明又問，「您說成化寺在石橋鎮，我怎麼記得在黃草坪?」

「曹大哥平常一定不去拜佛許願。」韓吟雪笑著說，「成化寺在河山幾經興衰了，最早是建在千巖山上，後來遭火災毀了，在石橋重建，又因為兵火，寺廟殘破不堪，文革的時候就把它當成封建糟粕給拆掉了，現在這個黃草坪的成化寺，還是10年前靠海外華人捐款新建的。」

曹元明問:「重建成化寺，你們家出了不少力吧?」

韓吟雪點了點頭:「凡是和我爺爺有關的投資專案，我們家都很積極。現在的成化寺，香火可旺了。曹大哥什麼時候也去許個願，說不定能幫助你快快破案。」

曹元明笑了一笑，他壓根就不相信什麼神仙鬼怪，現代社會的通病就是信仰缺失，人心浮躁，那些跑到寺廟裡磕頭燒香的，很多都是求財求官，若菩薩真的在天有靈，能保佑這些利欲薰心之徒嗎？這種烏煙瘴氣的「佛門之地」，不去也罷。

這次談話很簡短，韓吟雪送韓老太太上樓休息，下來後，問曹元明：「案子有進展嗎？」

「別急，這才剛邁出第一步呢，妳要學會耐心。」

「第一步？」

曹元明遞給韓吟雪一個卷宗袋：「我不是誇大其詞，我們的起點，妳看看就知道了。」

韓吟雪接過卷宗袋時，直覺地猜出了這個案子的調查難度：卷宗袋輕飄飄沒一點分量！開啟一看，果不其然，就是兩頁紙，一張是複印的驗屍報告，一張是曹元明畫的案情表，表中大部分內容都是空白。

「我們現在所了解的資訊實在少得可憐。」曹元明說，「下面我們要做的，就是盡量多搜集與案件有關的資訊，因為線索就隱藏在這些資訊裡。這些線索就像是被剪碎的紙片，被歲月的風吹得七零八落，無論我們多麼努力，能找到的碎片肯定只是其中的少數，要把少數碎紙片拼湊起來，完整還原出60年前的圖畫，難度不是一般的大。關鍵是要找到端倪，就像拼圖一樣，頭幾張找對了，下面就快了。」

韓吟雪有些洩氣，幽幽地說：「這個拼圖的端倪什麼時候能找出來呢？不要等到我奶奶去世、等到我老了，也沒有個結果，成為一個永遠破解不了的懸案。」

「不是沒有這個可能啊！」曹元明說，「畢竟我們現在手裡的拼圖幾乎就是一張白紙。」

「我們最需要線索、人證和物證，對吧？」

「是的，還有一點很重要：運氣！要想偵破這個60年的陳年舊案，機緣巧合和好運氣，是不可或缺的。」

「你是說一切靠天意？」韓吟雪咬著嘴唇問。

「也不是這麼說，幹我們這一行就是這樣，只要有一絲希望，就要付出百倍的努力！偵查工作就是這樣不斷地從細小的跡象中捕捉線索，抽絲剝繭，順藤摸瓜，最後將案子偵破的。」曹元明語氣決然。

「說大話。」

「不，每個警察都會這麼做。」

韓吟雪甩了一下秀髮：「警察怕麻煩，怕承擔責任，巴結權貴，各國都是一樣的。」

曹元明聞到了韓吟雪淡淡的髮香，悄悄挪開了兩人之間的距離：「誰說的？」

「鄒衍告訴我，政府官員包括警察，都是人精，誰有背景誰沒背景，辦起事來絕對有區別。警察辦案就是看人下菜，受害人被盜幾十幾百萬的，如沒人過問或後臺不硬的，基本是懸案，受害人有背景的，被偷一部手機都能追回來。警局內部，行動也是以錢開路，一個案子按正常程序，一等就是一兩個月，容易錯過偵查時機，如果給紅包的話，那就是分分秒秒搞定。這些都是你告訴鄒衍的內幕，不會是假的吧？我們家雖然有點錢，但不是政府高層，沒有政治背景，這種遺留幾十年的積案，你們不會盡心。」

曹元明有些尷尬，心想：「鄒衍在這個女孩面前真是知無不言，言無不盡。」他說：「既然這麼不相信警察，那妳還不如去找算命的，或者成化寺的菩薩們，他們掐指一算就前知五百年後知五百年。」

韓吟雪嫣然一笑：「我不相信警察，但我相信你。」

曹元明苦笑了一下，起身告辭。

第五章　「活化石」的回憶

翌日，曹元明接到師傅的電話，說是傍晚帶他去見敖文年。

下班時，曹元明開車去接陶鴻，陶鴻讓他開往城郊一家名叫「立春」的飯店，到了一看，曹元明發現這不過是個路邊的小飯店，掛著一塊松木做的大木板，上面用粉筆寫著「立春」兩字，就算是招牌了，門口擺了一片大排檔，生意倒是不錯，人聲鼎沸，菜香撲鼻，他問：「就在這裡見我那祖師爺，太簡陋了吧！」

陶鴻說：「這裡最好，他老人家啊，最愛吃這裡的冰糖肘子和爆炒山雞，最愛喝這家自釀的黃酒。」

陶鴻下車對老闆娘說：「屋裡留桌了吧，敖老最常坐的地方。」

老闆娘歡聲道：「陶警官又來陪師傅喝酒了，替你們留著呢，屋裡請。」

兩人進了飯店，但讓曹元明奇怪的是，並不是在這裡用飯，飯廳後有個小門，陶鴻帶著他從小門出去，穿過林中的一條小徑，來到一座小木樓，上樓後在二樓的一角就座。這裡的窗外是一片青翠的竹林，遠處是黛青色的群山，屋裡掛著臘肉、燻魚，地上擺著米缸、酒缸，只擺著兩張桌子，另一張還空著，顯然都是留給老客人的，屋裡很安靜，和喧鬧的外面似乎是兩個世界。

陶鴻見曹元明打量四周，便說：「別看這裡條件簡陋，主人可燒得一手好菜。現在不都流行農家菜嗎？你嘗嘗這裡的燉冬瓜、炒山菜，尤其是鮮椒爆炒小山雞，保管下次還來。這裡的雞是道地的原生態，自己家養的，吃蟲子、草籽長大的，加上獨特的烹飪，吃到嘴裡那是滿嘴流香，比起現在那些人工飼料養大的雞，味道一個在天一個在地。」

「是。」主角還沒來，曹元明便順口問起，「師傅，昨天那個廖家巷出租屋的案子，是怎麼回事？」

「初步認定是入室搶劫，謀財害命。」陶鴻皺眉說，「報案的是死者的幾個朋友，幾次找她不見人影，打手機又關機，後來到租屋處敲門，還是沒人應，有個人從門縫裡聞到屋裡有血腥味，趕緊叫來房東開門，門一開，都嚇壞了，滿地的血，人也沒氣了，於是就報了警。我們到達時，發現屋子裡翻得一塌糊塗，現金、手機、筆電、黃金首飾等值錢的東西都一掃而空，被害人被捆綁手腳後，用銳器切斷左側頸動脈，引起急性失血性休克死亡，死亡時間確定在前一天晚上12點到凌晨兩點之間。」

「這樣的蓄意凶殺案件，年後還是頭一遭吧？」曹元明說，「春節前的那樁入室殺人搶劫案不久前剛偵破，想不到又來一起。」

「嗯，這樁案子比那樁更棘手，這個作案現場有明顯被仔細擦拭過的痕跡，猜想凶手作案時很從容，看來有反偵查的經驗。」

「有線索嗎？」

「這個社區是開放式的，沒有保全，沒有監視器，住的大都是外地人，居民很複雜，凶手作案前一定注意到了這點，這才敢下手殺人。」

曹元明對廖家巷不陌生，曾經在那裡破獲幾個賭博聚點，那裡的小巷亂如蛛網，到處是垃圾和汙水，電線桿和牆上貼滿了辦假證件、治性病的小廣告，沒有幾盞路燈，一到晚上黑漆漆的一片。

陶鴻說到這裡，頓了一下：「凶手也是百密一疏。洗手間的水池裡有少量血跡殘留，很可能是凶手在洗手間清洗過手上或凶器上的鮮血，所以，我仔細地檢查了洗手間的每一處地方，在門把上發現了細微的血絲，提取到了一枚食指斗形血清指紋，只可惜不太完整。其他地方，都沒發現指紋，也沒發現腳印。」

曹元明說：「這枚指紋太重要了，或許是唯一的線索。如果凶手有反偵查的經驗，可能是有前科的刑滿釋放人員，可能有案底。」入室搶劫多為隨機犯案，線索是比較難找的。警局已經建立起了全國的刑事案件指紋檔案庫，如果找不到其他線索，可以將這枚指紋與檔案庫中的指紋逐一對照，說不定能找到凶手。

陶鴻明白曹元明的意思，「嘿」地笑了一下，說：「這個辦法太費時間了。」

「僅僅是搶劫殺人嗎？還是另有仇殺或情殺的可能，這也是一個問題。」曹元明思索了一下，「既然後來是叫房東開的門，說明門鎖完好，窗子也是完好的吧？」陶鴻點點頭。曹元明繼續說：「那麼，很可能是被害人幫凶手開的門，三更半夜，如果不是熟人，一個女孩怎麼會幫一個陌生人開門？」仇殺或情殺的凶手將現場偽裝成劫財害命以混淆警察判斷，這是很常見的。

「所以，現在重點放在被害人的人際關係的調查上，凡是與她相識的人，都要做指紋的比對。」陶鴻問道，「還記得你住院時，市立醫院發生的那起醫療糾紛嗎？」

「就是湯小輝死在醫院的那一起？」

「對。這次的被害人名叫湯曉雯，就是湯小輝的妹妹。」

「啊，原來是她？！」曹元明一拍大腿。

「你見過她？」

曹元明那天去醫院探望因心臟病發作入院的師傅時，看見一群人從醫院行政大樓出來，一個女孩捧著湯小輝的遺像走在前面，據鄒衍說，這個女孩就是湯小輝的妹妹，醫院賠償她75萬。他說：「湯小雯剛從醫院拿了75萬，如果不是熟人作案，怎麼會這麼巧呢？」

陶鴻點了點頭：「這是一個重要資訊。」

曹元明又問：「這個湯小雯是做什麼的？」

「是『天馬』夜總會的公主。」

夜總會所謂的「公主」，其實就是酒店小姐。曹元明想起，教導員杜峰來醫院看望他時，接了一個電話，提到「天馬」夜總會聚眾吸毒的事情，所以，湯小雯的社會關係比較複雜，這會為調查帶來難度。

兩人正聊著，一個沙啞的聲音傳來：「說什麼呢，這麼起勁？」

陶鴻趕緊站了起來：「敖師傅，您來了。」曹元明跟著站了起來。

來的是一位耄耋老人，他滿臉皺紋，腦袋像雞蛋殼一樣光禿禿的，但精神矍鑠，穿著白色無袖短褂，搖著蒲扇，「呵呵」一笑：「來晚了，讓你們久等了。」

「哪裡，您老腿腳不俐落，我們晚上也沒事，正好聊聊。」陶鴻讓座給敖文年，「您老身子骨最近還好嗎？」

曹元明這才注意到這位老人右腿瘸了，而且，正如韓老太太所回憶的，這人長著一個酒糟鼻，他，正是退休多年的老刑警敖文年，河山刑警中的「活化石」。

「我身體好得很，你看我像八十多歲的人嗎？」敖文年坐了下來，「我看你最近臉色倒不太好，是不是整天操心案子？你也是上了年紀的人，重擔就交給年輕人吧！」

「聽說您愛喝兩盅，我這徒孫沒什麼好孝敬您老人家的，帶了兩瓶酒，還望祖師爺笑納。」曹元明恭恭敬敬地把兩瓶瀘州老窖放在敖文年面前。

「哎呀，什麼祖師爺，太客氣啦！長江後浪推前浪，青出於藍而勝於藍。」敖文年笑瞇瞇地擺了擺手，「聽陶鴻說，你在刑警隊做得不錯，幾次立功受獎，比我們這些老頭子強。」

老闆娘送上熱騰騰的飯菜，三人邊吃邊聊。陶鴻說得不錯，這家飯店的家常菜確實美味獨特，然而，曹元明卻無心細品，他的心，已經被敖文年述說的韓世達失蹤一案深深地吸引住了。

敖文年不愧是老刑警，對這個離奇的案件有著良好的記憶力。話匣子一開啟，他便滔滔不絕說起往事。

「我是1948年從警校畢業的，本來可以留在大城市，但家裡就我一個男丁，我老娘找寶神算算了一卦，說我得回故鄉，在外鄉會有血光之災，把她嚇壞了，所以我就回河山當了警察。我讀中學的時候，就看過《福爾摩斯探案》和《霍桑探案》這樣的小說，立志要做一個除暴安良的神探，這才報考了警察學校。不想工作才一年，政局就變了，警察局也被新政府接管，百廢待興，各行各業都急需專業人手，於是，警局就留用了一些舊時的警察。我因為年輕，沒有劣行，受過科班訓練，就在留用之列，我自己也不想回家在雜貨店裡終老一生，還懷揣著少年時代的神探夢想，於是就留下來任職。第一任城南分局長官的一番話，打消了我們這些留用人員的顧慮，讓我鼓足幹勁。我還記得這個長官名叫曹炳生，山東人……」

「曹炳生……」曹元明驚訝地說，「那是我爺爺！」

「原來曹長官是你爺爺？」敖文年怔了一下，發黃的眼珠凝視了一眼曹元明，「噢，還真有點像，怪不得你也當了警察，是家庭影響吧？」

「爺爺去世時我還沒出生，從沒有見過他老人家。我曾聽父親說過，爺爺以前在糧食局工作，沒提他之後當警察的事。」曹元明有些悵然。

敖文年正端著杯子喝酒，聽了這話，放下不喝，沉默不語，往事像電影一樣掠過他的腦海：

當時，河山縣的軍警機關一夜之間徹底瓦解，人員作鳥獸散，有門路的逃走，有的則躲到鄉下改頭換面從事其他職業，而包括敖文年在內的一些舊警察則穿戴著去除警徽的警服警帽，站在警察局的大門口，忐忑不安地迎接新長官的到來。接管人員進城後，立即封鎖了警察局的警械庫和檔案庫，接管了監獄，然後，一個名叫曹炳生的上級把他們召集起來說：「我知道你們在擔心什麼。你們擔心政府將你們遣散回家，更擔心自己和家人以後的生活沒有著落，對吧？有這些擔心不奇怪，因為你們對政策還不了解。但是，現在我可以鄭重地告訴你們：這些擔心都是多餘的！政府對你們一律留職任用！現在城裡的治安還很糟糕，各位在治安管理上有豐富經驗。希望你們新警舊警一條心，盡快把安定的秩序恢復起來，讓老百姓安居樂業！」他這番話講完，警察們頓時報以熱烈的掌聲，敖文年心中的一塊大石頭落地了……

敖文年獨自回想往事，曹元明和陶鴻不忍打擾，過了半晌，他才轉回思路，對曹元明說：「河山市當時負責管理全市治安。警局設四個分局，城南分局最大。我就在分局司法科工作，一年後改為偵訊科，1956 年又擴編為刑事偵查科。你爺爺是好人，正氣凜然，無私無畏。他軍轉警後，剛開始不熟悉警察業務，遇到專業問題便虛心向我們這些舊警察求教，從沒看不起我們，也不擺上級架子，辦案認真負責，而且喜歡動腦筋，還發明了一些土法煉鋼的辦法克服條件上的限制，業務很快就上了軌道，帶領我們偵破了不少案件，保護了人民利益。可是，好人沒有好報。」他重新端起酒杯一飲而盡，「他的死，說來與韓世達一案也有關聯。你們家之所以不提他當過警察，看來是不想揭這個傷疤。今天你接手這個案子，他泉下有知，一定會感到欣慰的。」

曹元明萬萬沒想到韓世達一案居然和自己家有瓜葛，激動地說：「請您老快講。」忽然想起一事，又問，「您的腿也是因為……」韓老太太回憶時，提到敖文年，只說他酒糟鼻，沒提到腿瘸一事。

敖文年點了點頭，對陶鴻說：「你收徒弟還真有眼光，這孩子，直覺敏銳。」對曹元明說，「不錯，我也是因為這個案子受牽連，右腿就是那時被打瘸的。但是，當年辦理這個案子的時候，根本沒想到會有這麼個結局。」說到這裡長嘆一聲。

陶鴻對曹元明說：「你先談談，對於這個案件，你現在掌握了哪些線索。」

曹元明說：「真正有價值的線索很少。」他把韓老太太的回憶和驗屍報告的重點內容說了。

「這位老太太一定把他丈夫誇成了一朵花。聽說她後來即使到了國外，生活再艱難，也沒有動過改嫁的念頭，難得！他們夫妻之間感情是很深的，經受了時間的考驗。」敖文年側頭回憶了一下，「韓世達讀書時接觸過一些新進思想，政局轉變後，他願意留下來配合政府工作，就被『慈康』醫院留用了。當時他的醫術和醫德已是聲名鶴起，病患和同事反應都不錯，一些病人寧可多等也要掛他的號。韓世達失蹤後，我們走訪過一些人，都說他平素為人隨和，是個謙謙君子，另據鄰居說法，韓世達夫婦多年來沒有吵過一次架，兩人感情很好。」

曹元明說：「是的，根據他平素為人和夫妻間的感情，我覺得仇殺和情殺的可能性基本可以排除。」

「不，有仇殺可能！」敖文年眼中精光一閃。

「請您老示下。」曹元明的心猛然一跳。

「韓世達的父親韓啟賢，那可不是省油的燈，說他是惡霸也不為過。」

「這話怎麼說？」

「韓家的家業主要是在韓啟賢手裡打下的，這麼大筆的家業，不靠收租、放高利貸，沒一點狠辣心腸，怎麼做得起來？」

曹元明說：「韓老太太說起韓家來，用的詞語可是：世代行善，修橋鋪路，接濟貧困，廣結善緣。」

敖文年一搖扇子：「嫁雞隨雞，嫁狗隨狗，韓家的媳婦，不能自曝家醜嘛！不錯，韓啟賢做過善事，施點小恩小惠給當地鄉民，這個是有的，但被他逼死的人，也不是一個兩個，對他們韓家心懷積怨的大有人在。據說，這個韓啟賢自幼頑劣，心狠手辣，幼年上私塾時，他就敢把先生打得鑽桌子底下。當時縣城民間有句俗語，說：『小韓救命，老韓要命，九根手指頭的開藥，十根手指頭的摟錢。』這裡說的小韓就是韓世達，他只有九個手指。政局轉變後，因為民憤強烈，政府逮捕了韓啟賢。所以，那些對韓啟賢不滿的人，有可能把怨恨轉嫁到韓世達這個兒子的身上。」

「韓啟賢、韓世達父子二人，為人居然如此不同？」

「都說韓世達的性格像他母親，他母親是信基督的，這對他後來入教會醫院有很大影響。」

「您傾向於仇殺？」

「當時我就有這種預感。韓世達有一個同事，外科醫生，名叫馮德純。過去，他家是韓家的佃戶，有一年遭災，交不出租米，韓家派人催債，雙方發生爭執，還打死了韓家的一條大狼狗，韓啟賢就唆使保全把馮德純的父親抓進了縣衙牢房，他父親就此瘐死獄中，母親因此悲傷過度病死了。馮德純逃出來。後來，馮德純懷著報仇之心回到了故鄉，不久河山縣政府就把韓啟賢抓起來公審，1950年春被槍斃了。」

曹元明「噢」了一聲：「這位馮德純醫生和韓世達有著血海深仇。1950年他是在『慈康』醫院工作嗎？」

「是的，馮德純是從部隊轉去醫院的。分析起來，和韓家有仇的人中，他的嫌疑最大。」

曹元明心中一閃：「慈康」醫院的員工、外科醫生、深仇大恨，又是剛從部隊轉業人員，這幾點都符合所推測的凶手特徵。「慈康」醫院在1950年6月下旬接收了一大批部隊轉業人員，韓世達7月初即被害，如果凶手是醫院的老員工，又何必非得等到這個時候動手？他問：「馮德純和韓世達關係如何？」

「他們兩個人是同事關係，但是，馮德純對韓家怨念很大，韓啟賢被公審槍斃的那天晚上，他特地開了一瓶二鍋頭喝了個痛快，因為爛醉把第二天上班都耽誤了。他曾公開說，韓家害死他父母兩人，現在只殺韓啟賢一人，韓家還欠他一條人命沒還，還說不願意與韓世達這種狗崽子在一個單位工作，韓世達在醫院裡見了馮德純老遠就躲著走。」

「這位馮德純還真是不依不饒，韓啟賢做下的惡，跟韓世達有什麼關係？」曹元明思忖片刻，「既然有這麼個情況，韓世達失蹤後，就應懷疑他可能被害，怎麼眾口一詞都說韓世達潛逃了？」

「據醫院上級反映，韓世達在他父親被捕後，表面上配合政府，交出了田契、房契、帳目，但他內心產生了很大動搖，意志消沉，工作時常走神，出過好幾次差錯。上級找他談過話，勸他放下包袱，繼續認真工作。但他沒辦法接受，特別是他父親被公審槍斃後，私下裡和幾個要好的同事說，害怕有一天也把他抓去坐牢。有人反映，有一次韓世達喝酒後和朋友還說了些令人心驚肉跳的話：『早知有今天，去年我就該變賣家產捲了黃金離開。』他家不少親戚已經逃走，在美國還有朋友，因此他失蹤後，綜合起來分析，逃跑的可能性很大，所以，當時主要精力就放在追查他潛逃方面了。」

敖文年又喝了口酒，繼續回憶：「但是，調查的結果，卻讓我感到韓世達被害的可能性越來越大。那個年代進行大面積調查工作比現在容易得多，那時流動人口少，家家戶戶都有人，由於歷史原因形成的生活模式，街坊鄰里間的關係幾近透明，誰家來過什麼客人請過幾次客，不但戶主一家記得清清楚楚，就是鄰居也回憶得起來；因此，派出所透過全鎮居民可以很有效率地展開調查。我們通知全城開居民大會，要求逐家詢問，看當時誰家來過親戚朋友，又派出幾個小組查遍了河山縣周邊所有旅社客棧的入住紀錄。當時警局對旅館業有一套嚴格的管理要求，其中一點是必須對所有前來借宿的旅客進行證件登記，這對偵查員調查帶來了很多便利。那時交通不便，河山縣只有一個車站，每天只有兩班車，只有一個水陸碼頭，三班船，這些地方都拿著韓世達的相片一一查問過。就兩天時間，整個調查工作就結束了，所有彙報上來的結果都一樣：沒有發現韓世達的蹤影。他要跑，需要地方落腳，需要交通工具，需要買吃的，這些都沒有發現，再加上同事和家屬回憶他失蹤前並沒有什麼異常的表現，因此，我覺得，這基本上排除了他潛逃的可能。」

「基本上排除？」

「當然不能完全排除，從動機上講，是完全有這個可能的。」敖文年的語氣裡透出了一種無奈，「我那時不過是一個初出茅廬的小警察，又是留用人員，如果不是新政府成立後人手奇缺，連獨立辦案的資格都還沒有，這個案子，我不過是個跑龍套的小角色，人微言輕啊！」

「韓世達的家屬肯定不能接受潛逃的推斷。」

「確實不能接受。韓世達失蹤後，他妻子三番五次堵在警局門口哭鬧，向我們要人，場面很是悽慘。後來派人到韓家反覆勸說，他妻子慢慢接受了這個現實，幾年之後死心了，帶著小孩去了香港投靠親戚。」

「既然認為韓世達潛逃到了海外，那他的妻子帶小孩去香港，就沒有人懷疑是韓世達在接應他們嗎？」

「韓世達失蹤後，我們查了他家前一段時間的電話紀錄，那時私人電話機很少見，全縣也不過幾十架，一架電話的通話次數很少，誰打來的電話，說了什麼，一查就知道了。此後韓家的電話和通訊也在監視之中，看看能不能發現他潛逃的蛛絲馬跡，結果都沒有。幾年下來，我們這根弦也放鬆了。韓世達的父親被槍斃，自己失蹤被定調為『畏罪潛逃』，韓家的資產喪失殆盡，韓世達的妻子從小嬌生慣養，本來是家庭主婦，按現在的話就是全職太太，這麼一來，家庭經濟狀況一落千丈，生活來源都成了問題。她拿著海外親戚的信提出移居香港的申請，這在當時也是政策允許的。我們檢查了那些信，沒發現什麼異常，考慮到她是個可憐的寡婦，所以就沒有為難她。當時地方法院還出具了判決，判處韓世達夫妻離婚，但判決書沒有人去領。」敖文年說到這裡有些唏噓，看來隨著時間的推移，「韓世達潛逃」的武斷結論，實際上被越來越多的人否定了，只是找不到屍體，只有以此結案了事。

曹元明問：「你們當時去查過成化寺嗎？這個寺廟好像和韓世達有些關係。」韓老太太提到韓世達身為一個基督徒卻到成化寺拜謁救命菩薩，這有點不尋常。

「成化寺的事，你也知道了。」敖文年讚賞曹元明對細節的掌握，「這個寺廟當時敗落了，本來廟裡有幾個和尚，後來一個老和尚病死了，其他的幾個都還俗了，就沒有了僧人，廟宇董事會物色了一個忠厚勤快、無田地房產的赤貧之人，全家人可住廟內，用房產兩間，免租耕種廟產田地若干畝，世代承襲。廟祝的職責是負責管理廟宇，上香插燭，添油掌火。因為聽說韓世達捐過田地給這個寺廟，有過一些來往，所以我們去調查過，看有沒有藏匿在此的可能，結果是白跑一趟。」

「韓啟賢在政局動亂時居然沒逃走？」曹元明倒希望這個人逃之夭夭，這樣的話，他們父子倆都可以保全性命。

「韓啟賢不是好人，他不逃走，還是懷有僥倖心理，說到底，是捨不得這些家業。

鳥為食亡，人為財死，這話一點沒錯。」

「既然有被害的可能，那你們對馮德純進行過調查嗎？」

「我詢問過馮德純，在韓世達失蹤的當天，他恰好在值班……」

曹元明忍不住插了一句：「當晚馮德純也在醫院？」

敖文年點了點頭：「據他說，那晚很平靜，他一直在值班室待著，沒有聽到和看到什麼異常。」

「一直在值班室待著？有人作證嗎？」

「當時外科只有一個醫生和兩個護士值班，醫生沒事就在值班室待著，不可能一直在護士的視線下，所以這點無法證明。我問了馮德純一些情況，他察覺到我的懷疑，矢口否認謀殺了韓世達。找不到韓世達的屍體，也沒有被害的其他證據，所以沒有立案。我們只做一般的詢問和筆錄，再加上當時社會還不安定，案子很多，人手緊缺，這事就此不了了之了。」

「那……當年的調查紀錄還在嗎？」如果有當年的原始案卷，說不定能找到一些線索。

「60年了，半個多世紀，到哪裡去找當年的調查紀錄。在那個無法無天的動盪年月，一些重要案件的檔案都毀壞了，更不要說一樁失蹤案了。」

「馮德純後來的情況呢？」

「朝鮮戰爭爆發後，因為部隊缺外科醫生，他又重新入伍去了朝鮮，再後來，又轉業回到原單位，在醫院一直做到退休。」

曹元明想起了市立醫院的百年院志，裡面提到援朝期間醫院組織醫療小組赴朝，有兩名醫生，其中一人犧牲。他問：「馮德純當年多大年紀？」

「二十七八歲吧！」

「現在他還在嗎？」

「這個就不知道了，聽說退休後，他去了廣東，一家私營醫院聘請他當了院長，全家都跟過去了。」

曹元明感到，這是和敖文年見面最大的收穫了，馮德純是第一個嫌疑人。馮德純就算全家搬走，從他的親戚朋友那裡不難打聽到他的去處。這位老人算來已經有88歲了，現在還在人世嗎？歲月無情，得趕快找到他啊！

吃完飯，敖文年說：「走，去我家坐坐。」

曹元明和陶鴻跟著敖文年來到他家，這是個老社區，都是二三十年的老房子，幾個老頭老太太在屋外聊天下棋，社區很安靜，進了屋子，裡面雖小，卻收拾得乾乾淨淨。臥室裡擺著一張老太太的遺像，敖文年向遺像上了香，請二人在客廳落座。

陶鴻說：「我們也去上一炷香吧，師母是個好女人啊！」

敖文年說：「我這輩子最大的福氣，就是娶了這個女人。」

曹元明想起先前敖文年提及的瘸腿一事，問：「您的腿是因為韓世達一案的牽連嗎？」

「不僅僅是這個案子。政局動盪時，我被當成了潛伏的特務，羅列了一大堆『證據』判了刑，其中韓世達的案子就是證據之一。他們說那個案子之所以沒有結果，是因為我包庇韓世達畏罪潛逃，醫院財務室被盜，肯定是有人事先籌劃，是我跟他們裡應外合。連我母親得急病被韓世達救了回來，也被他們說成是同夥的證據。」

這位忠於職守的老刑警沒有倒下，而是被關進了他曾經把無數罪犯送進去的下川監獄，當他站在監獄森嚴的高牆下，心中的痛楚恐怕比肉體的折磨更甚。但敖文年說起這些，表情平和，彷彿說的是與自己不相干的事情，言語中沒有怨恨和懊惱，在這個飽經風霜的老人看來，往事如煙，一切都過去了。

曹元明想起了韓老太太對凶手執著而刻骨的仇恨，人和人是不一樣的，時間可以沖淡某些東西，也會加深某些東西。他感慨地說：「您老受苦了，不容易，不容易。」

敖文年輕輕搖手，就像拂去眼前的一根蛛絲：「談不上不容易。」說到這裡，臉色轉為沉重，「不要說我了，那時就是經過幾十年培養和考驗的老警察也受到牽連。因為韓世達一案，曹炳生站出來替我說了幾句公道話，就被誣陷為幕後黑手，先是被警局撤職，去了糧食局，後來開除了他的公職。曹炳生不愧是錚錚鐵骨，就是不肯認錯。我過意不去，說：『曹長官，你犯不著為我出頭。』他說：『當初是我勸你留下來效力的，此後的工作證明了你是勤懇的，我最了解你，不能看你蒙受不白之冤。』他還說：『不論我們的結局如何，只要問心無愧，歷史最終都會給我們一個公正的評價。』他戎馬一生，身上大傷小傷不少，這麼一折磨，不久就去世了，心情憂憤是個很大因素，他是冤死的啊！」

曹元明沒有見過祖父，父親早年又因車禍去世，祖父的這些事蹟是第一次聽到，他百感交集，有心酸，有悲痛，也有自豪，韓世達一案的意義已經不單是韓家的怨念，那些因此蒙冤的人，那些活著或死去的人，都在等著案情大白昭雪天下的一天。

「一定不能辜負這些人的期望！」曹元明暗下決心，想起一事，問：「韓世達被害當晚，醫院財務室發生過失竊案，究竟是怎麼回事？」

「我們勘查過財務室現場，門是被撬開的，發現了幾枚可疑的鞋印和判斷為作案工具的羊角錘。經過比對，鞋印確實是韓世達穿過的一雙布鞋，因為當晚在韓世達的值班室也找到了這種鞋印，所以，就把他的失蹤和盜款潛逃連繫在一起了。失竊財物的具體數額不記得了，有一些金銀物品，這是以前病人抵押的醫藥費，還有幾百萬元（舊幣一萬元折現幣一元）。我想，韓世達家境富有，即使潛逃，也不至於要到財務室偷這點錢，但是有鞋印為證，我的這個想法不被多數人所接受。」

「有其他的證據嗎？做過指紋分析嗎？」

「那個時代偵查技術落後，沒辦法提取指紋，也沒有找到其他證據，對財務室的勘查就這樣草草結束。加上某些上級政治掛帥，脫離實際辦案，結果越查越糊塗。既然韓世達失蹤了，又有鞋印這樣的物證，那麼，就拿這個結案了。」敖文年嘆息了一聲。

這時，陶鴻說：「現在發現了韓世達的遺骨，反推一下，這個失竊案和韓世達被害案真正的關聯，可能就是凶手擺的一個迷魂陣，而且，這個迷魂陣是成功的，這個竊盜犯的帽子讓一個死人戴了整整60年。」

敖文年點頭表示同意：「凶手不但殘忍，還很狡猾。埋屍現場去過嗎？」

曹元明說：「去了，但是現場沒有發現有價值的東西，時間太久了，醫院已經發生了翻天覆地的變化。當年的地形圖，您老還記得嗎？」

敖文年拍了拍腦袋：「好記性不如爛筆頭。」他進了臥室，從一個書櫃裡翻出一個日記本，日記本很陳舊，封皮剝落，紙張發黃。

陶鴻告訴曹元明：「我師傅有個好習慣，他把多年前的懸案和冤假錯案的重點，都一一筆錄下來。」曹元明想：「怪不得說老爺子是河山警界的『活化石』。」

敖文年從本子中抽出一張鋼筆畫的草圖，說：「這是當年我畫下的醫院布局圖，元明，你幫我畫一張現在市立醫院的布局圖，我們對照一下發現屍骨的地點，看看第一案發現場的可能地點。」

「市立醫院的布局圖，我已經帶來了。」曹元明從皮包中拿出一張圖來，這是從鄒衍那裡弄來的醫院拆遷的施工藍圖，詳細而準確。

「有備而來，很好。」敖文年戴上老花眼鏡。

陶鴻把兩張地圖拼在一起，曹元明指出了發現韓世達遺骨的地點，就是「八角樓」北邊約20公尺處。

「這個地方過去是個苗圃，土質比較疏鬆，適合挖坑埋屍，四周有圍牆，凶手熟悉周邊環境，埋屍地點是精心考慮過的。」敖文年拿著放大鏡看了半天說，「埋屍時間是7月，你看，苗圃西邊緊靠著一個廁所，包藏屍塊的兩個麻袋就是靠廁所的牆根埋下的，那時衛生條件很差，炎熱的夏季這裡蒼蠅叢生，臭氣熏天，路人都是掩鼻匆匆而過，屍體埋在兩公尺深的地下，即使有臭味滲出，也不會引人注意。還有這裡，」他手指向苗圃的東邊，「這裡過去是醫院手術室，如果是本院的外科醫生做的，那麼，他很可能在手術室裡將韓世達肢解，再將肢解的屍塊包裝好，埋在旁邊的園圃裡。這裡的布局，對於分屍作案很有利。我們還要注意一點，韓世達是值班時被害的，按理他應該待在病房，但現在出了病房，很可能是熟人用電話或者其他的什麼方式把他約出來後，再進行加害。」

曹元明連連點頭，各方面的分析都指向凶手是潛伏在醫院內部的人員。他用數位相機拍下了敖文年所繪的草圖：「那麼，殺人的第一現場會在哪裡呢？」

「韓世達的驗屍報告說顱骨上有鈍器傷？」

「是的，猜想是用錘子之類的東西從背後砸倒了他……財務室失竊時發現的羊角錘上面有血跡嗎？」曹元明想到，剛才陶鴻分析過，殺害韓世達的凶手和盜竊者很可能是同一人。

「這倒沒有。」

曹元明有些感慨：「假如當時留下了一絲半點韓世達被害的證據，比如血跡或是殘缺的肢體什麼的，那麼，肯定要對周圍進行掘地三尺的搜查，這個案子也就破了。」

「看來凶手考慮到了這個，一切都經過深思熟慮。比如，在手術室分屍，即使有少許血跡殘留，又會有誰注意到呢？那個時候的手術室可不像現在這樣一塵不染，我當年去看過，牆壁內側是夯土，手術室的地上牆上，都是斑斑點點的血跡，據說，有的手術病人動脈割開後鮮血甚至噴到了天花板上，誰也不會去數今天的血跡比昨天多了幾點。」敖文年不愧是一位受過專業訓練、富有經驗的老刑警，指著地圖繼續說，「『八角樓』的二樓是當年的內科病房，這裡離埋屍現場不過30公尺，往園圃有一條走廊，我那時特別留意過，走廊是遮蔽式的，沒有路燈，晚上黑漆漆的，所以幾乎不會有人往來，病房也看不到走廊裡的情況，既然凶手是醫院內部的人，很有可能選擇在這裡下手，把人打暈後再拉進手術室。」

曹元明嘆道：「可惜這些走廊、苗圃、廁所、手術室，現在通通蕩然無存，勘查現場也無從談起。」

「這麼久了，整個國家都發生了滄桑鉅變，哪裡找得到一成不變的地方呢？」敖文年若有所思，「倒是這個埋屍的地點，醫院幾次翻新，周邊都挖了個遍，偏偏這小小一塊地皮直到今天才挖動，莫非真是天意？」

曹元明感慨地說：「今天不虛此行，多虧了您老的幫助，這個案子明朗了不少！」

敖文年說：「哪裡話。知道曹長官有這麼一個成器的孫子繼承了他的事業，我很欣慰。這個案子一直掛在我心中，一想起來就揪心。不管到了什麼時代，都需要有人站出來主持正義。我老了，跑不動了，讓此案大白天下的心願，就寄託在你身上了。」說到這裡，他目光中充滿了鼓勵。

曹元明說：「是。」語氣不高，但很堅定。他明白自己肩負的重擔。

「下一步，你準備怎麼做呢？」

「去尋訪每一個可能相關的人，包括馮德純的親眷朋友，韓世達當年的同事，還有當年的外科醫生。這是笨法子，但沒有更好的法子。」

敖文年語重心長地說：「這不是笨法子。你爺爺曾跟我說過，當警察，要實事求是、調查研究，不要主觀臆斷、刑訊逼供。這話放在現在，仍然是至理名言。罪惡總是會留下蛛絲馬跡，就看獵手們有沒有持之以恆的耐心。」

曹元明點了點頭，站起身來，和陶鴻一起向這位可敬的前輩道別：「保重身體，我們會再來看您的。」

告別時，曹元明回頭望向巷子裡昏黃路燈下那個微微佝僂的身影，心中湧起一股暖流。

曹元明回到家，汪敏出來問：「去哪裡了？一晚上都不見人影。」

曹元明說：「不是跟妳說去見一位刑警老前輩了。」

「你還沒死心吶？答應過的事全忘了？」

「沒忘沒忘，休息吧！」曹元明支支吾吾地應付。

母親的房間燈還亮著，曹元明進去，問：「媽，這麼晚還沒睡？」

曹母戴著老花眼鏡在看養生報，說：「年紀大，睡眠不好。」

曹元明在母親身邊坐下，問：「媽，爺爺的事，你知道多少？」

曹母摘下眼鏡，奇怪地問：「這孩子，怎麼突然問起這個？你爺爺都過世多少年了。」

曹元明說：「妳那本相簿呢？」

「擱在櫥櫃左邊第二格。」

曹元明翻出了這本舊相簿，裡面有父母年輕時的照片，也有爺爺和父親的合影，照片上的爺爺，國字臉，劍眉，山丘鼻，乍一看，和自己還真有幾分相似，但面相上那種正氣和威嚴，卻是那個時代的特徵。爺爺的照片很少，裡面最早的照片，是1950年的一張軍裝照，而當警察的照片一張都沒留下，那是一段不願提及的歷史。

曹元明看著照片有些發愣，曹母問：「小明，怎麼了？」

曹元明問：「爺爺那時怎麼被調查的？」

曹母嘆了口氣：「他們說他是『黑薔薇黨』的成員，你爺爺到死都不認罪。因為這個，你爸爸小時候沒少受罪。」

「黑薔薇黨？」

「說是潛伏在河山的特務組織，牽連了不少人呢，還搜出了微型發報機，其實都是栽贓陷害，是冤假錯案。」

「這些事都沒聽你們提過。」

「提這個幹嘛？你爺爺和爸爸都死得早，過去就過去了，提起來心疼。你報考大學填志願，我還想勸你，別走你爺爺的老路去當警察，你爸卻說這是孩子自己的志願，當家長的應該支持，沒想到第二年他就出了車禍……」

說到這裡，曹母擦拭了一下含淚的眼角。

曹元明將相簿合上，放回櫥櫃，和母親道了晚安，回到臥室。他想，明天得去爺爺的墓前拜一拜。

第二天早晨，曹元明驅車來到城南鳳凰山公墓，來到爺爺曹炳生的墓前，爺爺奶奶的墓和父親的墓挨在一起，以前每年清明都會來掃墓，但這次的感覺卻完全不同，墓裡埋藏的不光是爺爺的骨灰，還有爺爺那不能瞑目的遺憾。

曹元明是個唯物主義者，這時卻在墓前暗暗祈禱，希望九泉之下的爺爺能保佑他將韓世達一案的真凶繩之以法。

回來的路上車水馬龍，看著陽光下熙熙攘攘的人群，曹元明浮想聯翩：「60年來，這個凶手是怎麼過的呢？他是蟄伏在黑暗角落裡，用陰鷙的目光搜尋獵物，犯下了一樁又一樁不為人知的罪行？還是一直謹小慎微地包藏內心，像普通人一樣娶妻生子、工作生活，沐浴著陽光，呼吸著新鮮空氣，最後退休，由兒女們攙扶著逛公園，逗著孫子孫女玩，像那些老頭那樣打打太極拳，像那些老太太那樣蹣跚著腳步去菜市場買菜。或者，他是不是早已壽終正寢了呢？到衰老時，他會為當年的罪惡感到愧疚，臨終前，又會有所懺悔嗎？」

這時，手機響了，是鄒衍的電話。

「大哥，事情進展怎麼樣了？」

「我不是跟你女朋友說過嗎？萬里長征才邁出第一步，她要學會耐心，這又不是猜謎語，一拍腦袋就知道答案。」

鄒衍笑了一下，說：「晚上來做個術後複查吧，看看你的胃恢復得怎麼樣了。」

「晚上去複查？你今天值班？」

「我不值班，複查的地點是建設路新開的象牙山莊。」

「呵呵，請我吃飯就直說嘛，扯什麼術後複查。」

「那裡都是泰國菜，據說味道不錯。泰國菜又辣又酸，你吃了沒問題，說明複查通過，手術完全成功。嫂子有空也一塊兒來吧！」

「她就不來了，學校事多，而且談起案子，她又要操心，麻煩。」

「噢，對了，吟雪讓我轉告你，你師傅做心臟支架手術的所有費用都由她來出，而且，他們已經預約了一位這方面的全國知名醫生，可以到河山市來做這個手術。」

「她想得可真周到，真以為有錢能使鬼推磨。這份禮太重了，受不起。」

「大哥，你可別這麼說。上次她過生日，一個長輩送了她一隻手錶，鉑金鑲鑽的江詩丹頓，你猜多少錢？」

「我哪猜得到？」

「270萬！這筆錢要是放在山區，那可是一百戶家庭一年的生活費。我告訴你這件事，是說對於這些有錢人，錢不是問題，你不要看得太重。你師傅那病不正等米下鍋嗎，就當是先借再還……」

「好了，好了，別說了，你要是真認我這個大哥，就轉告韓吟雪，幫我謝絕她。」曹元明說完掛了電話。

第六章　酒國公主之死

晚上，象牙山莊，韓吟雪挽著烏雲般的髮髻翩翩而來，她一襲黑色的長裙，長裙一側過膝，另一側則如流雲一般飄逸著斜向腰肢，就像一個美麗的少女在溪邊嫵媚地挽起裙角，又像是高傲的公主在起舞中的華麗定格。

鄒衍起身到門口相迎，兩人穿過大廳，男的帥氣挺拔，女的風姿綽約，曹元明遠遠望去，感到這真是一對璧人。

三人落座，曹元明拿出一個信封給韓吟雪：「承蒙關照，多謝，心領了。」

韓吟雪不接，一雙妙目看著他：「什麼意思？」

「這是上次我師傅住院的費用。」曹元明把信封推到韓吟雪桌前，「這也是我師傅的意思。」

「曹大哥，你可是一再推辭我的好意。你不要把這點錢看成是賄賂，或者是什麼酬勞，就當是好朋友的幫助，把我當朋友也不行嗎？」

「韓大小姐這樣的人願意和我交朋友，是我的榮幸，但是，我們的友誼剛剛開始，為了友誼的長遠，還是不要有這種金錢來往比較好。」

曹元明如此堅決，韓吟雪無奈地一笑：「難道真是無功不受祿？」

曹元明搖了一下頭，說：「這個案子我已經下定決心要追查到底，不僅是為了你爺爺，也是為了我爺爺。」

「噢，你的爺爺？」韓吟雪凝視著曹元明，「案子有進展了？」

鄒衍壞笑著插了一句：「怎麼就沒我爺爺什麼事啊……」

韓吟雪瞪了他一眼，對這種插科打諢表示不滿。

這時，服務生端上了熱騰騰的香麥煲、羅非魚，鄒衍打圓場：「先吃吧，吃了再說。」

韓吟雪繼續追問：「曹大哥，快說。」

「還談不上有什麼進展，問了一些情況。」曹元明說，「我們邊吃邊說吧。」

席上，曹元明把這些天尋訪的情況向韓吟雪做了說明。

韓吟雪有些激動：「找到犯罪嫌疑人了就好。」

「現在還沒有任何證據能說明這位馮德純醫生是犯罪嫌疑人。」曹元明糾正說，「不過，我們的調查可以先從他開始。」

「我回去好好問問奶奶，讓她回憶一下，爺爺當年有沒有提過這個馮德純？」韓吟雪側著頭說，「這個人對我們家懷恨在心，猜想已經死了。」

曹元明說：「都過去多少年了，你曾祖父和祖父都去世了，那時的仇恨應該化解了。但願這位馮醫生還活著，能回憶起當年的情況。」

飯後，三人出了門，天氣有些悶熱，遠遠的夜空傳來了隱隱的雷聲。

「怎麼樣，胃不難受吧？」鄒衍拍了一下曹元明的肚皮。

「大不了再來一刀，反正我這塊兒的路你也熟了。」曹元明看了看天，「待會兒可能會下雨，你早點送吟雪回家吧！」

「瞧瞧，我大哥多會體貼人。」鄒衍看著韓吟雪嘻嘻一笑。

韓吟雪笑著說：「曹大哥有紳士風度，是警察中的另類。」

曹元明問：「我怎麼另類了？」

韓吟雪說：「我最近和河山市的警察打了幾次交道，發現很多警察業餘時間只知道吃喝、抽菸、打牌，談吐粗俗，不懂音樂、收藏這些高雅藝術，連健身房都很少去，一點都不紳士。」

「妳說的沒錯，我們國家的法律，實際上是由一群精神有問題的人在負責維持。」鄒衍仍是一副玩世不恭的壞笑，轉頭對曹元明說，「我這話沒錯吧，大哥？」

曹元明認真地說：「我是一個普通的警察，不是什麼另類。我們的工作做得不好，你們可以責怪我們，可以挖苦我們，但是要明白我們也是普通人，在面對屍體的時候，在面對凶險的時候，在面對不得不打交道的罪惡的時候，警察也和你們一樣具有普通人的情感。」

韓吟雪收斂了笑容：「鄒衍，你這玩笑可開大了啊！」

曹元明嘆了口氣：「鄒衍說的也沒錯，我們所處的社會環境是如此惡劣，沒有一個警察的心理是健康的。刑警工作一年所遇到的人間醜惡和罪惡，可能比一個普通人一生遇到的都要多，這不可能不對警察的心理造成影響和創傷。但是現在從上到下，根本沒有人想到關心警察的心理健康。」

「這樣吧，今晚讓曹大哥送我回家，路上談談心，我來做第一個關心警察心理健康的人。」韓吟雪眨了眨眼。

「還是讓鄒衍送妳吧！」曹元明拍了一下鄒衍的肩膀。

韓吟雪走到曹元明的車前，拉開了車門：「怎麼，不願送啊？」

鄒衍做了一個無所謂的手勢，曹元明只得點頭答應。

汽車緩緩匯入了車流之中。

「曹大哥，給你添麻煩了，我不知道你們的工作壓力有這麼大。」韓吟雪說。

「別這麼說，我不是說了嗎？我接這個案子，不單單是為了妳們一家。至於說到壓力，其實沒什麼，因為麻木了。前段時間有個認識的人被刀砍了，他女友在旁邊嚇昏過去，一群人嚇得不知所措，我看了根本沒有感覺，妳說我這是不是麻木了？」曹元明頓了一下，繼續說，「身邊也有因為這個離開人世的。我認識一個很好的警察，因為憂鬱症自殺，在自殺前去向單位長官請辭大隊長職務，不准，工作上的壓力，再加上生活上的壓力，雙重壓力把這個男人壓垮了。自始至終，根本沒有人跟他談心，了解他的心理壓力。這也能夠解釋，為什麼警察中愛抽菸喝酒和打牌的人這麼多，內心堆積的情緒太多無從釋放出來。」

韓吟雪輕輕地說了一聲：「可惜。」

「所以啊，還是醫生好，和健康相伴。你看，鄒衍雖然三十多了，但經常鍛鍊身體，心態挺年輕的，一整個陽光男孩。再加上他出身於醫學世家，十年臨床經驗的主刀醫生，父親又是院長，母親是大學教授……」

「得了吧，說你們警察呢！怎麼扯到鄒衍身上去了？還陽光男孩，花花公子吧，我可聽過不少他的風流韻事。」韓吟雪似笑非笑地說。

「別看鄒衍風流，但他就像李尋歡一樣，風流不羈的外表下是追求真愛的心，不過李尋歡用的是飛刀，而鄒衍用的是手術刀。」曹元明仍在一個勁地吹捧好友。

「李尋歡是誰？」

「噢，你沒看過古龍的小說？」曹元明一愣，這才想起眼前這位大小姐是美籍華人，文化背景有所不同。在他眼裡，韓吟雪的衣著、言語、思維和一般富家女孩們簡直沒有絲毫不同，所以一度讓他忽略了這點。

曹元明正想怎麼換個比方，韓吟雪卻說：「你說鄒衍是陽光男孩，可是我感覺他的心裡並不陽光。」

「不陽光？」

「醫生的心裡都有陰暗的一面。」

「醫生救死扶傷，怎麼能說他們心裡陰暗？」

「把成就建立在別人的痛苦之上，不是嗎？」

「很多職業都是這樣，比如說警察……」

「那個殺害我爺爺的凶手，不也是外科醫生嗎？」

「妳可別一竿子打翻一船人，這個凶手是個變態，是不是醫生還不能肯定，即使是醫生，那也是其中的敗類，不好隨便類比的。」曹元明趕緊糾正她的看法。

「總之，女人的直覺吧，就覺得他有點陰暗。」

「妳認識鄒衍才多久？他真的是個各方面都很優秀的小夥子。」

「你真的了解鄒衍嗎？也許，你還不如我了解他呢！」韓吟雪覺得曹元明這種乾巴巴的辯解有些可笑。

「開玩笑，我跟他從小一起長大，20年的兄弟了，難道還不如妳了解？」

「不識廬山真面目，只緣身在此山中。」韓吟雪莞爾一笑，「你這麼替鄒衍說好話，那你還不如說說，你們小時候有趣的事。」

曹元明點了點頭：「好，說來話長了。我先說一件鄒衍救我的事。」

韓吟雪拍手說：「我最喜歡聽故事了。」

「這可不是故事，是真事。」曹元明清了一下嗓子，「每個人都有一個成長過程，尤其是青春期，守法和犯罪，也許就是在成長路上的一念之差。國中時，我就差一點走錯路，是鄒衍和他父親把我拉了回來，這才有了今天的我，否則，現在我還不知在哪個監獄裡蹲著呢！」

「噢，曹大警官還有這樣的往事？」韓吟雪睜大了眼睛，「快說。」

「我這個人，從小就頑劣，大人很頭疼。讀小學時，就拿彈弓打碎過兩條街的路燈，還把大鞭炮捆綁起來扔人家雞窩裡炸死好幾隻小雞崽，這樣的事情太多，隔三差五就有人到我家告狀，我沒少捱打。在我的幼年記憶中，老爸皮帶上的黃銅釦子比瘋狗的牙齒還厲害，但我就是不怕打。到了國中，我更加不愛學習，看武打片著了迷，當時的理想就是當個燕子李三一樣的俠盜浪跡江湖，成天就思索著怎麼飛簷走壁、翻牆入室。鄒衍是我的同學，我時常慫恿他跟我一起惡搞。鄒衍拗不過我，答應了。有一天，他告訴我，發現了一處房屋，晚上沒人，進去絕對有收穫。當晚我們就撬鎖進去了，翻箱倒櫃搜出了不少錢。我摟著大把的鈔票很是得意，以為當俠盜的理想就此實現，十萬個警察也逮不住我。正當我們準備開溜時，門突然開了，燈亮了，一個男人出現在房裡，把我嚇了個半死。當時我想，這下完了，不但要被學校開除，還要關進少年監獄，父母的臉都被我丟光了，在鄰居面前一輩子抬不起頭，我這輩子就這麼毀了……總之，那是我第一次偷盜，卻當場嚇呆了。我痛哭流涕，跪下來請他放我們一馬，指天發誓，只要放了我，今後就是拿槍指著我的腦袋我也不做這種事了。這是我正經八百頭一回發誓，都是真心話。」

韓吟雪「嗤」的一笑：「你的偉大理想就這麼一下子崩潰了？」

「是的，我那時候自以為身手不錯，膽識過人，是恐懼讓我找回了真正的自己，其實就是個叛逆期的懵懂少年。」

「後來呢？」韓吟雪追問，見汽車快到芳草湖了，她要聽故事，「開慢一點。」

「那個男人讓我們當場寫下悔過書，承認偷盜罪行並保證以後絕不再犯，好好做人，就放了我們，否則就報警。我趕緊寫了，鄒衍也寫了。那個男人把悔過書收好，說：『以後要是發現你不守規矩，不好好學習，就把這個交給警局，抓你進去坐牢。』這份悔過書就像達摩克利斯之劍一樣懸在我的頭頂，我只要一冒出以前的那些壞念頭，立刻就會被嚇出一身冷汗，從此循規蹈矩，努力學習，成績進步很快，考上了明星高中。」

「那你怎麼說是鄒衍救了你？」韓吟雪不解地問。

「考上高中後，我去鄒衍家玩，第一次看到他爸爸，才驚訝地發現，那晚讓我寫下悔過書的，就是鄒衍的爸爸。」

「什麼？」韓吟雪一想，頓時明白了，「原來那晚是他爸爸設下的局啊？」

「是啊，看到我成天痴迷武俠小說，都走火入魔了，鄒衍就悄悄告訴了他老爸。鄒伯伯一想，覺得不能讓這孩子這麼耽擱下去，就導演了這一齣戲，讓鄒衍把我帶到他家原先住的老屋『作案』，再抓個正著。我明白了鄒伯伯的苦心，從此幡然醒悟，走上了人生的正道，考上了法政大學，戴上警徽後第一個想感謝的人就是鄒伯伯。妳說是不是鄒衍和他爸救了我？」

「嗯。」韓吟雪點了點頭，「鄒衍的爸爸真是個好人。」

「他救過我不止一次呢！有一次我被歹徒打傷，也是他替我做了脾修補手術。我真羨慕鄒衍有個好爸爸。」想起早死的父親，曹元明有些傷感。

汽車到了韓吟雪家門口，黃豆大的雨點開始「啪啪」地敲打車窗，韓吟雪說：「雨天路滑，開車小心。」道了晚安，進了家門。

曹元明沿著原路返回，想著明天要辦的事，自己的休假快結束了，他不敢奢望能利用一個假期就把韓世達一案查個水落石出，但得抓緊時間，至少要有點眉目。

翌日，曹元明來到城南分局，只見裡面一片忙碌，人來人往，進進出出。一群記者正圍著刑警隊長臧進榮和教導員杜峰採訪，湯小雯被殺一案，這兩天全城傳得沸沸揚揚。有的記者提問比較客氣，只是詢問案情的進展情況；有的提問就很尖銳，而且有些借題發揮，比如問道：「天馬」夜總會剛被刑警隊查出聚眾吸毒淫亂，裡面的陪酒小姐就出了命案，二者有沒有關聯？治安管理歸區域派出所，這些三溫暖、夜總會裡的內幕他們怎麼會不知道，怎麼直到不久前才由刑警隊去查？是不是存在警方和黑社會之間的幕後交易？死者是酒國公主，不是有錢有勢家庭的子女，警方辦案時是否會一視同仁、竭盡全力？

面對記者的麥克風和攝影機，臧進榮鐵青著臉，一言不發，杜峰耐著性子一一解釋，不停地看錶，只要事先說好的採訪時間一到就閉門謝客。

陶鴻正和幾個同事「稀里嘩啦」吃泡麵，曹元明提著幾盒熱呼呼的便當來了，說：「師傅，你們吃口熱飯吧，泡麵吃不飽。」

「來不及了，趕時間。」陶鴻掏出餐巾紙抹了下嘴，站了起來，「湯小雯一案，市警局已經成立專案組，分局正全力協助偵破。偏偏警政署這兩天就要來考核評定了，幾個長官正著急呢！我們也不得閒。」

一個同事拍拍曹元明肩膀：「老曹，還是你好，就要脫離苦海了。」

曹元明本來想找師傅談談韓世達的案子，現在一看，反倒不好開口，便說：「師傅，你身體不好，我幫幫你吧！」

「你不是正在休假嗎？就別摻和了。」

「看大家都忙，我閒著也是閒著。」

「那這樣吧，我們現在去黃草坪看守所，你來開車吧，大壯昨晚沒睡，讓他休息一下。」

「看守所？」

「對，湯小輝的女朋友就在看守所關著。邊走邊談吧。」

湯小雯被殺，現場除了一枚不完整的指紋外，沒有留下任何證據，又沒有監視器，警方依然採取的是「傳統式破案方法」——人海戰術調查，從被害人的社會關係調查開始，這需要花費大量的人力物力，如果不是熟人作案，而是隨機作案，偵破的難度會很大，但沒有更好的辦法。

專案組開過會，對此案總結如下：犯罪嫌疑人對廖家巷一帶地形及周邊道路熟悉，可能是案發地附近居民；嫌犯能在深夜敲開湯小雯的門，與死者是熟人的可能性大；嫌犯有反偵查經驗，不排除有經驗的隨機作案者經過了事先的勘查。因此決定：

一，對廖家巷方圓一公里範圍內的所有居民進行全面盤查，兩個警察一組，調查中要以最近的外來青壯年以及過去曾判過刑的人為重點對象。

二，全面調查湯小雯的社會關係，所有的朋友及熟人，要一一詢問。

三，對廖家巷一公里外的市區及周邊的縣，進行重點調查，擴大盤查範圍。

四，鼓勵民眾積極舉報涉案線索。

陶鴻和曹元明正是執行第二項任務的一組。

就在刑警隊上次對「天馬」夜總會搜查時，發現一群形跡可疑的年輕男女躲在包廂內，這些人衣冠不整，表情怪異，從沙發下面搜出了包著毒品的小塑膠袋、錫紙和礦泉水瓶。他們當場做了尿檢，個個陽性，看來是聚眾吸毒，於是，這些人便被通通送看守所了，其中，就包括湯小輝的女朋友黎娜。陶鴻的任務，就是透過她了解更多的關於湯小雯兄妹的情況。

「想不到出了這麼大案子，往後這段日子有的忙了。」曹元明有些擔心師傅的身體。

「臧隊長和杜教要大家加緊辦案，也是沒辦法，上面壓得緊，命案是必破的，又加上這群唯恐天下不亂的記者製造的社會輿論。」陶鴻瞇著眼靠在座椅上，「話說回來，今年我們分局除了幾個破銅爛鐵的案子，一直沒有亮點，比去年的風光差遠了，臧隊長他們都憋著一股氣呢！這個案子要是迅速破案，全隊上下都有面子。」

「我們今天得繃緊神經了。」曹元明把車拐進了黃草坪看守所的大門。

黎娜穿著看守所的黃背心，靜靜地坐在椅子上。她看上去二十歲左右的年紀，五官還算端正，脖子細長，但臉色有些蒼白，眼神中沒有了她這樣花漾女孩應有的光彩。

首先是一般情況的詢問，姓名、年齡、籍貫、職業等等，問到職業，黎娜有些不耐煩：「這些你們不都曉得了嗎，翻來覆去地問，消遣我是嗎？」

看守所的員警提醒：「注意妳的態度。」

陶鴻問：「妳跟湯小輝怎麼認識的？時間有多久了？」

「我和湯小雯是『天馬』的姐妹，就這樣認識她哥哥，交往一年多了。」

「妳覺得他們兄妹為人怎麼樣？」

「怎麼樣？就那樣。」黎娜懶洋洋地說，有些不屑回答。湯小輝一死，她就參與聚眾淫亂，而且言談之中對此也沒表現出什麼悲傷，看來所謂的男女朋友，不過是年輕人排解寂寞的露水鴛鴦。

「他們和什麼人來往密切？」

「來往的多了，他妹妹的交際能力比我強。」黎娜曖昧地笑了一下。

「具體說說。」

「這個你們去問『老六』好了，『老六』來『天馬』，每次都點小雯的臺，兩個人郎情妾意，好得不得了。」黎娜說起這些來眉飛色舞。

陶鴻和曹元明對望了一眼，他們想起，湯小輝死後，去市立醫院鬧事的領頭人就是這個綽號「老六」的傢伙，他是一家拆遷公司的工頭，是個刑滿釋放人員。如果不是和湯小雯有這層關係，他不會那麼賣力。看來，這個人必須重點調查。

「還有呢？」

「我哪記得那麼多，又不是他們家保母。」

「他們和誰結過仇嗎？」

「不曉得！」黎娜硬邦邦地回了一句，打了個哈欠。

「嚴肅點！」陶鴻敲了敲桌子，「湯小雯死了，妳知道嗎？」

「死得好。」黎娜隨口回了一句，接著意識到事情不妙，吃了一驚，「她……怎麼死的？」

「是被人殺死的！」

「哎呀，我可沒殺人啊！」黎娜嚇得尖叫起來，差點從椅子上跳起來。一旁的員警按住了她。

「妳冷靜點，我們不會冤枉一個好人，也不會放過一個壞人。我們來找妳，是希望妳配合調查，幫助我們早日把凶手捉拿歸案，就早日解除了妳的嫌疑。」湯小雯被害時，黎娜還關在看守所，有不在場證明，並不是犯罪嫌疑人，陶鴻這麼說，是為了對她施加壓力。像黎娜這樣的人，心理意志薄弱，不需要擺什麼秋風黑臉去嚇唬她就會如實交代。

「下面我們問什麼，妳都要老老實實回答，撒謊、作偽證，是要負法律責任的，明白嗎？」

黎娜連忙點頭。

陶鴻注意到黎娜剛才的反應有些過度，問：「妳和湯小雯關係不好，是嗎？」

黎娜身子微微顫抖，又點了點頭。

「妳們之間有什麼矛盾？」

「沒什麼大矛盾，就是為一些小事經常拌嘴。」

陶鴻盯著黎娜，她把頭扭過去時，看到她的牙齒有點黃，再看她的手指，有菸燻的痕跡。

「妳平時抽什麼菸？」

「只抽芙蓉王的蔚藍星空。」

「這種菸要二千五百塊一條，可不便宜。」陶鴻從菸盒裡抽出一支菸和打火機一起遞給黎娜，「妳和湯小雯的矛盾，是為了錢吧？」他看過黎娜被拘留的照片，當時她剛從夜總會被帶出來，濃妝豔抹，烈焰紅唇，身穿廉價的韓版潮服，飾品也都是地攤貨。這樣的女孩，花錢大手大腳，經濟上應該不寬裕。

黎娜接過菸，狠狠地抽了幾口，點了點頭：「她嫌他哥哥給我的錢太多，給她的太少。不過，」她突然發現了這個問題的嚴重性，慌慌張張地辯解，「我可從沒有因為這個想害死她。」

「湯小輝一個油漆匠，哪來這麼多錢？」

「小輝除了做油漆，還賣過古董。」

「古董？」陶鴻和曹元明又對望了一眼，繼續追問，「什麼古董？」

「我也不太清楚。小輝經常出門，一出去就是十天半個月的，說是去淘古董，再賣給行家。」

「那他是從哪裡弄來的？又賣給誰？」

黎娜搖頭：「我不曉得，他不說，我也不問，懶得操這個心。」她抬起頭，又想了一想，「小輝前不久回來，說這一次出去值得了，弄到了好東西，下家都找好了，一出手能賺不少錢。」

「他從哪裡回來的？什麼好東西？下家是誰？」

「不是說了嘛，我真的不關心這個，不曉得。」黎娜一問三不知。

「那……東西放哪裡了？」

她的回答還是三個字：「不曉得。」又補充說，「這些事，除了小輝，就數他妹妹最清楚。」

「妳在夜總會一個月賺多少？」

「二三萬吧。」

「說實話。」

「真的只有這麼多。客人給的錢，包括小費，都是三七分帳，我們只能拿三，大頭都被場子抽走了。我這個人懶，三天兩頭請假，請一次假就要扣一次錢，像湯小雯這樣長得漂亮嘴又甜的，一個月能賺十萬。我和小輝好了後，他一直不讓我發表，所以就多給我一些錢。」夜總會的小姐陪客人吃喝唱歌，但上班時間不「發表」，所謂的「發表」，是指小姐被客人約出去賣淫。

陶鴻又問了幾個問題，但黎娜的回答都是些沒有什麼價值的內容。

詢問結束，曹元明和陶鴻返回市區，路邊飄來了陣陣檀香，遠處一座大廟映入眼簾。

「成化寺搬到黃草坪沒多少年吧？」曹元明咕噥了一句。

陶鴻眺望了一下，彷彿知道曹元明的心思，說：「這次談話很順利，還有時間。走，過去看看。」

曹元明把車停到寺院前面的停車場，那裡停滿了汽車，不少是名車。

兩人進入寺院，但見雕梁畫棟，凌角飛簷，金妝佛像，玉砌闌干，真是規模宏大，氣勢不凡，善男信女絡繹不絕，香火鼎盛。

曹元明「嘿」了一聲：「挺熱鬧啊！」

「現在，只要是城市旁邊的寺廟，都不愁香火。」

「這不就跟開超市差不多。」曹元明打趣地說。

「到了這裡，可不能對佛祖不敬啊！」陶鴻說。

這個寺院占地四千多平方公尺，為四進格局，沿中軸線依次為天王殿、伽藍殿、大雄寶殿及藏經樓，在大門旁立有一功德碑，云：「河山市眾多居士信徒竭心為復興成化寺而謀思募力，又幸得釋開量方丈高瞻遠矚，弘道養正，引領弟子大緣整飭寺院，弘揚佛法。大緣禪師，不負所望，含辛茹苦，德行尚品，理念宜理。奔走呼號，募資說法。又有韓觀樵，雪中送炭，慷慨囊助。經數年營造修葺，於西元二〇〇〇年農曆二月初五奠基……」這個「韓觀樵」，就是韓吟雪的父親、韓世達的兒子、世達國際投資公司的總裁。

因寺院還在進一步擴建之中，碑文寫道：「建寺安僧，辦道弘法，續佛慧命，普利天人。期盼諸位護法大德伸出援手。」接下來就是芳名錄：××人××元等等一長串捐款者的名單。

見兩人在看功德碑，一個青年和尚過來問：「二位可是要布施？碑上留名，功德無量，惠及子孫。」

「我們只是看看。」曹元明說。

陶鴻師徒穿著便衣，這個和尚見他倆像是公務員模樣，便合十說：「只要慷慨捐助，必依法迴向眾生，六時吉祥，幸福康泰，快樂自在，南無阿彌陀佛！」

「你們師父就是這麼教你們的？」曹元明對這種勸人募捐的做法有些不滿。

那和尚一愣，說：「師父說我們好好修行，把功德迴向給方圓的苦難眾生，以感得十方諸佛菩薩及龍天護法加持，使這一千古道場早日完成。」

陶鴻微笑著說：「你就別拿這話糊弄我們了。名字刻到功德碑上，還不如把刻字的錢省下來救濟貧苦。積個陰德，不用寫名字。冥冥之中，功德福報自由功曹執事們記錄，絲毫不差。如此不圖名利，這才能為子孫留下一片福蔭。佛菩薩不會只為刻了名字的人賜福，否則，就不能稱之為大慈大悲了。把名字刻到功德碑上，反而減少了享受福報的日子。《地藏經》中明確說道，要是把所做的功德迴向給法界，那麼這家人可以受無量樂，如果迴向自身利益或自己眷屬，即三生受樂。」

這個青年和尚聽了臉上一紅，轉頭而去。

陶鴻一把拉住他，說：「小師父，帶我去見見你們方丈好嗎？」

那和尚掙脫了他的手：「方丈出去了。」逃也似的匆匆而去。

「師傅，想不到你還懂佛法？想和方丈談佛論經嗎？」曹元明有些意外。

「懂點佛法好啊，優秀的偵查人員不應該是『專』的，而是應該上知天文下知地理的『通才』，偵查員的知識面一定要寬，什麼物理、化學、微量物質，包括佛家道家，什麼《法華經》《金剛經》《地藏經》《道德經》都得懂一點。」

曹元明若有所悟，點了點頭。

陶鴻「哈哈」一笑：「傻小子，我這是捉弄你呢！我老母親信佛的，從小耳濡目染，我也知道一點。」他頓了一下，「找方丈，是想了解一下成化寺的歷史。」

曹元明明白師傅的用心，韓世達一家和成化寺有些淵源，說不定能找到一點當年的蛛絲馬跡。他說：「這個成化寺是新建的，這位釋開量方丈恐怕是新來的，不知道當年的情況。」

「兩位居士以前沒來過成化寺吧？」說話的是一個經過他們身邊的老人，歪著頭打量兩人。

「請問您是……」曹元明問。

「我是這個寺廟的廟祝。」那個老人說，「你說得不錯，現在的方丈釋開量師父，是從鄰縣的廣願寺來的，原本不是這裡的和尚。」

「那現在這個寺廟裡，還有幾十年前的老法師嗎？」陶鴻問。

「早沒有了，成化寺多災多難，唉……」老廟祝嘆了口氣，「剛才我聽你引說《地藏經》，倒也有理，現在這些和尚修行淺薄，令人慚愧。」

曹元明說：「在廟裡強勸他人捐款，對菩薩大不敬，心中根本沒有神靈，哪像個出家人？」

陶鴻見老人七十來歲，乾瘦得像用幾根枯樹枝搭起來似的，額頭都是飽經滄桑的皺紋，便問：「請教老師父，成化寺60年前還在石橋，您可知那時候的情況？」

「請教不敢當，不過，你算是問對人了。說起當年的情景，沒有比我更了解的了。」老人一捋鬍鬚，指著前面的涼亭，「坐那裡聊聊。」

老廟祝對成化寺看來頗有感情，自我介紹說名叫孫寶章，介紹了一下寺廟的歷史：明朝成化年間，河山縣發大水，災後瘟疫肆虐，數以千百計的鄉民被病魔奪去生命。河山知縣聶之湛替百姓治病驅邪，並率鄉民疏水浚河，根治水患，教鄉民以各種行業技術，以強民身，終於，病邪水魔被驅逐和制服了，生產恢復了，鄉民們得以安居樂業。聶公卻因此積勞成疾，以身殉職，葬於千巖山，民眾便在山上築起一座小廟，在廟裡立神位供奉，以「成化」年號為廟名，這就是成化寺的來歷。清朝順治年間，鍾馗神遊到此，聶公現出蟒蛇原形，鍾馗拔劍欲斬之，鄉民們一起下跪求情，齊呼：「聶公是好人啊！」鍾馗見狀遂不以加害。這個傳說還殘留著古越族人崇拜蛇圖騰的遺風。

這段古代史，陶鴻和曹元明身為當地人，其實都知道個大概，但不願打斷老人，等他說完，曹元明問：「您能講講 1949 年前後的事嗎？」

孫寶章嘆息了一聲，說：「1949 年，成化寺的一部分被當做了野戰醫院，當時大雨連綿，燒火困難，縣政府即下令拆大殿取薪，解決柴火問題。大殿拆除後，寺院主持釋廣智師父長跪佛前嚎啕大哭，三天滴水未進，後因過度悲傷圓寂，從此僧人解散，寺院關閉。」

曹元明問：「後來寺廟裡不是還住著一個廟祝嗎?他家還免租耕種廟產田地，世代承襲。」

孫寶章點頭說：「對啊，我就是那個廟祝的兒子。說是世代承襲，可是後來廟產被充公了，田也沒有了。」

曹元明有些驚訝，心想：「這事還真巧。」問道：「聽說有位名叫韓世達的醫生，捐過田給成化寺，您記得這個人嗎?」

「當然記得。現在這個成化寺，很大一筆資金就是這位韓老先生的後人出資的。」老人回憶說，「當時我還是個小孩子，這位韓居士有時會來廟裡找釋廣智大師下棋，他下棋時把右手攏在袖子裡，文明棍擱在一旁，只露出一隻左手，後來我才發現他的右手沒有了大拇指，因此有印象。」

「這位韓世達是怎麼樣的一個人?」

「那時我還是個小屁孩，什麼也不懂。不過，聽說他是醫生，治病救人，樂善好施，廟裡的僧人都很尊重他。」
「還有嗎？」
「這個人，聽說後來潛逃了。但是，重建寺廟時，卻沒見過他，倒是他兒子來過，難道是過世了？」
「是的，他早在60年前就不在人世了。」
老人惋惜地「啊」了一聲：「你們……是他的朋友？」
「老先生開玩笑了，我們怎麼能跟他交上朋友？歲數對不上啊！」
「你看，我都老糊塗了。」孫寶章「嘿」地一笑，「你們好像對這位幾十年前的故人很感興趣。」
「實不相瞞，我們是警察。」曹元明掏出警官證讓老人過目。
孫寶章不接證件：「難怪，原來是兩位警官。嗯，這位韓居士在60年前犯過法？」
「不是，他是被人殺害了。」
「阿彌陀佛，這是造孽啊！」老人怔了一下，有些不解，「60年前的案子，你們也管?你們這是在做善事,現世、來世都會有福報的。」

孫寶章的話,讓曹元明和陶鴻心中一暖。

「這位韓世達先生,以前得罪過什麼人沒有?」

「哎呀,這個倒想不起來,我不了解呀……這樣一個人,應該不會和誰有深仇大恨。」

「他的大拇指聽說是被日本人砍掉的,對嗎?」

「是的,這個我問過我父親。當年日本人占領了河山,還抓過他。他,還有一個洋和尚,在成化寺躲過一陣子。」

曹元明恍然,難怪聽韓老太太轉述韓世達的話,說成化寺有救命菩薩,抗戰時,韓世達是個青少年,在「慈康」醫院當學徒,他問:「日本人為什麼要抓他?」

「這個,我父親也不知道。」

曹元明心中一動,想起韓老太太多次提及的「道格拉斯神父」,說這個神父抗戰時被日本人關了牢房,有一次差點死掉,是韓世達救了他,便問:「那個洋和尚,是不是叫道格拉斯?是『慈康』醫院的神父?」

「嗯，好像是『慈康』醫院的，至於是不是叫那什麼斯的，我就不記得了。」

「日本人殘忍地斬斷韓世達右手拇指，發生在韓世達遇害前幾年，跟他的遇害，應該沒有關係。」曹元明在心裡又一次對自己說。

和孫寶章老人談了一會兒，眼看太陽下山了，兩人告辭而去，上車後又聊起了案子。

「得先處理湯小雯的案子，那個『老六』是重點調查對象，還得搞清楚湯小輝是做什麼古董交易的，這可能為我們破案提供線索。湯小雯出生在千里之外的邊遠山區，她隨著哥哥來城市工作，湯小輝就是她身邊唯一的親人，湯小輝的死和湯小雯的死，二者或許存在某種關係。對於湯小輝的一切，我們都要查清楚。」想起湯小雯在山區的母親短時間之內就失去了一雙兒女，陶鴻有些痛心，「要給他們的家人一個交代啊！」

「是的。」曹元明同意師傅的觀點，「湯小雯被害，是在她剛剛從市立醫院拿到哥哥的死亡賠償金不久，裡面可能還有更多的線索。」

陶鴻想了一下，問：「湯小輝的死，在醫學上有什麼疑點嗎？」

「聽鄒衍說，倒不存在什麼疑點，法院也判醫院勝訴。只是，他提到湯小輝得的是鼠疫，最近幾十年，這種病在我們這裡幾乎絕跡，這一點倒有些奇怪，而且感染的毒性很強。」

「這樣吧，你再去找鄒衍，把湯小輝之死的詳細情況搞清楚。沒辦法，現在湯小雯一案的偵破線索太少，只有多花氣力多撒網，不管這池塘裡有魚沒魚，先撒一網再說。」

兩人回到刑警隊，遇見同事小宋，問起他們那組的進展，小宋說：「運氣真背，忙了一天，沒有收穫。這個湯小雯是『天馬』夜總會的紅牌，與她交往的男人太多了，夜總會的人說回想不了那麼多，當然還有這種可能：我們前段時間抄過這家，兔崽子們記仇，不肯配合。」小宋說這話時，一副憤憤不平的表情，看來「天馬」夜總會對前來調查的刑警沒有什麼好話。

「夜總會的監視器看了嗎？」

小宋點頭說：「我們調了夜總會大廳和走廊的監控錄影，想把她被害當天接待的所有客人都查一遍，看看是不是因為和客人發生爭執導致命案。」

陶鴻說：「我看，她前段時間接待過的客人，都要查。」

「話是這麼說，不過，因為晚上光線很差，鏡頭影像模糊，人的相貌特徵看不清，而且有些死角是沒法看到的。這個湯小雯是個『模範員工』，一天要接待十幾批客人，一個星期的客人數以百計，當天的客人，其他人還能回憶一下，前些天能查到的客人只能是其中的一部分。」

「老夏那邊呢？」

「也沒有收穫。問過了湯小雯的所有鄰居，當天晚上都沒聽到或者看到什麼異常。只有一個樓上的老鄰居，半夜聽到一些響聲，這個老人睡得迷迷糊糊，沒在意。湯小雯以前半夜經常帶些不三不四的男人來過夜，鄰居都知道這回事，習以為常了。」小宋問，「你們去看守所有什麼收穫嗎？」

「能這麼快就有收穫，就不叫大案了。」陶鴻搔了搔花白的頭髮，「湯小輝的女友提到了那個拆遷公司的『老六』，和湯小雯關係不一般，有人去盯嗎？」

「你們也注意到了『老六』？這個人不簡單，有人說他是『黃賭毒俱全』，所以臧隊長親自出馬去查，但是『老六』有不在場證明，案發那晚，他和幾個狐朋狗友在賓館開房間打麻將賭錢，整整一宿，好幾個人可以作證，賓館的監控錄影也可以證實當晚他沒有離開過。」小宋沮喪地說。

看來，除了那枚現場遺留的不完整指紋，這個案子再無線索了。

陶鴻抱著試一試的心態說：「明天去申請搜查令吧，看看湯小輝是不是把挖來的寶貝藏在家裡了。」

曹元明的心懸著。遇上命案就是一個字：快！最好是24小時內調查，72小時內解決。命案大部分都是短期內找到了線索而得以迅速偵破，最佳破案時期就是前一兩個月，如果沒進展就很容易成為無頭案。而像湯小雯這樣的案子，全面調查卻毫無收穫，短期內偵破的希望已經不大了，一旦拖下去，偵破的可能將越來越小，只有等待一些偶然因素，比如有朝一日其他案件的犯人提供了線索，但是這種偶然是可遇不可求的。

「難道又要和韓世達的白骨案那樣，成為一樁懸案嗎？」曹元明透過香菸的煙霧看到的，卻是更大的一團迷霧。

第七章　變異的病菌

晚上，曹元明惦記著湯小雯的案子，打電話給鄒衍，想問問湯小輝之死的詳細情況，可是，鄒衍的手機又關機了。這已經不是第一次了，曹元明也不以為意，猜想他和韓吟雪或是別的女孩在約會吧！

次日，鄒衍回了電話：「有事嗎？」聲音中顯露出了疲態。

「晚上忙什麼呢？」曹元明調侃地說，「身體要省著點用。」

電話裡傳來鄒衍不自然的笑聲：「別嘮叨了，比我媽還煩，說吧，什麼事？」

「想了解一下湯小輝死時的情況。」

鄒衍有些心不在焉：「不是說了嗎？是鼠疫，我們醫院的處理並沒有原則性錯誤。」

「他妹妹湯小雯死了，是被人殺死的。」

「嗯……原來電視新聞裡那個湯某某就是她啊！聽說她是夜總會的小姐，說不定是爭風吃醋或是金錢糾紛，跟他哥的死有什麼關係？」

「案發後，我們把湯小雯所有的社會關係、人際交往，都反覆進行了調查。這幾天，盤查的大網鋪天蓋地，疑點一個一個出現，又一個一個被否定被排除。現在真是苦無線索，到了逮著匹死馬也得當成活馬來對付的困窘關頭，凡是跟命案能夠搭得上關係的跡象，都要問一問。」

「你們警察可真夠無能的，市民們把身家性命託付給你們，真叫人不放心。」鄒衍有點幸災樂禍。

「你別耍嘴皮子，積點口德有那麼難？」

「好了，別發火，我盡量配合，等哪天醫院裡有了糾紛，你們也得積極點。」鄒衍說，「你究竟想知道湯小輝的什麼情況？」

「他患病的詳情。」

「都是醫學上的東西，你要來幹嘛？」

「除了這些，我還想知道，他患病時，是哪些人送他來醫院的，湯小雯在不在其中，他病死後，這些人的反應如何？」

「這些得問那天急診的值班醫生和護士。不過，那天接診的是呼吸內科的趙主任，他被那幫流氓打傷，現在還躺在 ICU，氧氣管還沒拔呢！」

「所以我想請那天接診的護士出來聊聊，隨意一點好了，就當是朋友聊天，這樣可以了解到更多的細節。你跟她熟嗎？幫我約一下。」

「這醫院哪個護士跟我不熟？！一句話的事。」鄒衍問，「湯小輝的死，跟他妹妹的死真有關？」

曹元明沒有細說，只是說：「碰碰運氣了。」從黎娜嘴裡得知，她和湯小雯有經濟上的矛盾，而湯小輝透過賣古董牟利，這是一個新發現的資訊，是不是一條有價值的線索還不知道，但只要存在這個可能，就要搞清楚。

鄒衍約了曹元明在醫學院碰頭。曹元明到了，問：「怎麼在這裡見面？那個護士呢？」

鄒衍說：「別急嘛，她來了。」衝著前方一揚下巴。

校園的林蔭道上，一個女孩抱著幾本書匆匆而來，她小鼻子小嘴，梳著羊角辮，面容姣好，身材玲瓏，二十出頭的年紀，看上去活潑可愛，是個無論走到哪裡都會引人注目的小美女。

「這邊！」鄒衍朝她揮了一下手。

「鄒醫生，你好啊！」那女孩笑嘻嘻地打了個招呼，「今天怎麼想到約我？」

「妳不願意？」

「不願意。」女孩調皮地眨了一下眼睛，「我聽說鄒醫生是大灰狼，有點怕。」

「我明白，妳是怕別的女生嫉妒。別怕，約我們的會，讓她們嫉妒去吧。」鄒衍摘下墨鏡，指著曹元明說，「介紹一下，這是我的好兄弟，姓曹，叫曹大哥。」

「曹大哥好。」女孩禮貌地叫了一聲。

曹元明微笑著說：「妳好。」

「這是我們醫院急診室的一枝花，綽號『袖珍美人』，姓楊，叫……」鄒衍說到這裡，轉頭問，「對了，妳叫什麼？我忘記了。」

「壞蛋！」女孩嗔道，對曹元明說，「我叫楊梅。」

「對了，就是那個一望就要流口水的望梅止渴的『梅』。」鄒衍壞笑著說。

楊梅輕輕跺了一下腳，說：「大灰狼再亂開玩笑，可要把我嚇跑了！」

「好了，不開玩笑了。曹大哥是警官，今天是他請妳喝茶，有警察保駕，妳什麼都別怕。」

「警察？」楊梅睜圓了眼睛，有些戒備地問，「找我幹嘛？」

「我們先去那邊茶館坐坐吧！」曹元明說。

三人在學校旁的茶館落座，鄒衍對曹元明說：「別看楊梅人小，可是急診室的主力，工作勤懇，又肯上進，這段時間在醫學院進修。那天接診的護士，就是她。」

曹元明點點頭，問楊梅：「還記得湯小輝這個病人嗎？」

「當然記得！」楊梅一聽「湯小輝」這三個字，臉上就露出驚魂未定的神色，「就是那個得鼠疫死的病人！他那些狐朋狗友真是狗咬呂洞賓，趙主任就是被他們打傷的。那天的事，現在想起來都可怕。醫院監控錄影你們看了嗎？就像電影裡古惑仔街頭打群架……」楊梅以為曹元明是來調查那起醫療糾紛的，「嘰哩呱啦」把當時打砸搶的情況說了一遍，末了還說，「這幫壞蛋，絕不能饒了他們。」

曹元明問：「湯小輝送進醫院那天的情況，妳能說說嗎？」

「知道你要問這個，我這有份湯小輝的門診病歷影本。」鄒衍從背包裡拿出一張文件，遞給曹元明，「病情一目了然。」

曹元明接過來一看，只見病歷上寫道：

「患者因『發燒、咳嗽、全身不適三天，加重伴胸悶氣促一天』入院。身體檢查：精神煩躁，口唇發紺，結膜充血、水腫，咽部充血，雙側扁桃體一度腫大，雙側肺呼吸音粗，左肺可及細溼羅音，心界擴大，心律不齊，心音低弱，可及早搏，雙側腹股溝皮膚暗紅。輔檢：血液常規：白血球33.5×10E9/L，中性96％，尿蛋白（++），胸部CT示雙肺紋理增粗紊亂，左肺中下段見大片高密度絮狀陰影，雙肺門陰影增大，心影增大，左心室增大明顯。診斷為大葉性肺炎伴左心衰，予抗感染、利尿、強心等對症處理，療效不佳。晚8時患者出現煩躁，意識不清，血壓開始下降……9時20分因搶救無效死亡。……」

接著是一份事後補充的屍檢診斷：「屍體解剖發現死者左側腋下有個直徑4公分的

腫大淋巴結，與周圍組織黏連，死者心血培養出鼠疫菌，血清鼠疫反向間接血凝試驗強陽性。根據鼠疫診斷標準確定為鼠疫。」

曹元明看了後，問：「那天，是誰送湯小輝來醫院的？」

楊梅說：「是他自己搭車過來的，沒人陪，來的時候是中午，後來打了點滴沒好轉反而病情惡化了，趙主任一看不對，告知病重，叫他趕快打電話通知家屬，家屬趕來時已經是傍晚了。」

「家屬來了幾個？」

「就一個，是他妹妹，打扮很豔麗，身上一股濃濃的香水味，戴著施華洛世奇的水晶耳環。」湯小雯留給楊梅的印象，都是女孩子容易關注的特徵。

「其他人呢？」

「來了好些人，說是他朋友，鬧哄哄的影響我們搶救，讓他們出去，他們還不願意。」

「妳一直在湯小輝身邊？」

「嗯，直到最後他斷氣。趙主任吩咐，這個病人情況不穩定，要隨時觀察。」

「湯小輝臨終前和他妹妹交代了什麼嗎？」這個是曹元明很關心的，在這個時候，只要是頭腦清醒的人，就會把最重要的話告訴家人。

「他感到自己快不行了，好像說過有什麼東西藏在家裡的閣樓上。他妹妹當時哭成一個淚人兒，不讓他說話，讓他閉著眼睛好好休息，她總覺得這麼一個身強體壯的年輕人，不會就這樣死掉。」

曹元明靈光一現：這些藏在閣樓上的東西，不就是黎娜說的「古董」嗎？他問：「湯小輝有個女朋友，來了嗎？」

楊梅說：「好像吧，他快斷氣時，來了一大幫男男女女，裡面說不定就有他女朋友，當時這些人一看病人情況不好，就開始又吵又鬧了。」

曹元明又問了一些問題，基本還原了當時的情景。

楊梅說完，問鄒衍：「鄒醫生，你說這個人怎麼走得這麼快？聽說他平時喜歡探險，身體很好。鼠疫有這麼厲害啊？」

鄒衍說：「我可不是傳染病的專科醫生，回答不了妳。」

楊梅說：「看來沒人能滿足我的好奇心了。」

鄒衍笑了一下，看了一下手錶，說：「這樣吧，正好順路，我帶妳去見一個人，去上堂課，妳就明白了。」對曹元明說，「一起去吧。」曹元明點了點頭。

喝完茶，鄒衍帶著兩人去醫學院的微生物實驗大樓，找到了細菌研究所主任薛建國。薛建國和鄒衍是大學的校友，比鄒衍大幾歲，已經有些發福，頭也有點禿了。他聽鄒衍說明來意，把他們帶進了一個教室，放了幾張數位顯微鏡拍攝的細菌幻燈片給他們看，說：「這是從湯小輝的淋巴液中提取的標本印片，你們看看。」

曹元明見圖片中央是一串呈鏈狀排列的短棒狀物體，黑色背景下泛著綠色螢光，顯得十分詭異，問：「這是什麼？」

「這就是傳播烈性傳染病鼠疫的病原菌——鼠疫桿菌。」薛建國說。

楊梅輕輕地「啊」了一聲：「它有多大？」

薛建國說：「鼠疫桿菌很小，打個比方說，一個針頭大小的容器就可以放下幾十萬個。別看這種小東西不起眼，卻可以輕而易舉奪走無數人的性命。這種桿菌屬於耶爾森菌屬，是西元 1894 年由瑞士細菌學家耶爾森和日本細菌學家北里柴三郎分別發現的。」

鄒衍發表看法：「是耶爾森先發現的吧，否則怎麼被命名為耶爾森菌屬？耶爾森和北里柴三郎是競爭者，學術界的競爭就像體育比賽一樣殘酷，大家都經過了長期的艱苦鍛鍊，比賽中也竭盡全力，比的就是誰搶先一步抵達終點線。」

薛建國說：「1894 年香港爆發了鼠疫，北里柴三郎和耶爾森都來到香港。公平地說是北里柴三郎先看到鼠疫桿菌，但他的培養基受到了汙染，而北里為了徹底否定耶爾森的發現以獨享破解鼠疫之謎的榮譽，反將不慎汙染的細菌當作主要引發鼠疫的病原體，最終失去了鼠疫桿菌發現者的歷史地位，有點惋惜，當時的耶爾森只是個小人物，北里卻是世界知名的細菌學家了。」

曹元明有些不解：「甲午戰爭就是那時候的事吧？日本明治維新不久，和歐美相比科技還很落後，就有這麼大名望的細菌學家？」他竭力回想，想不出那個時代哪怕一個世界知名華人科學家的姓名，革命者和官僚軍閥倒有一大批。

「日本人在這方面是很強的，過去，除了北里柴三郎，還有野口英世、志賀潔、秦佐八郎等等一大批細菌學和免疫學的頂級專家。」薛建國轉頭對鄒衍說，「湯小輝這個病例很有意思，我在看一些參考數據，準備寫一個病例報導，說不定能在雜誌上發表。」

「噢，這就是我們的來意，想知道這種鼠疫桿菌怎麼這麼厲害？」鄒衍說。

薛建國點了點頭，說：「我們研究發現，和常見的鼠疫桿菌相比，這種鼠疫桿菌有兩個特別的異常之處。」

曹元明和楊梅都豎起了耳朵。

「第一，莢膜和毒力 V/W 都發生了變異。」他見曹元明和楊梅有迷惑之色，便進一步解釋，「V/W 抗原結合物有促使細菌產生莢膜、抑制吞噬的作用，並有在細胞內保護細菌生長繁殖的能力，因此，這與病菌的侵襲力直接有關。鼠疫菌的主要傳播方式是老鼠↓跳蚤↓人，但這種鼠疫菌可藉飛沫構成人↓人之間的傳播，並可引起人類的大流行。」

鄒衍說：「我們有這種預感。當患者機體抵抗力減弱時，或者鼠疫菌本身毒力增強時，鼠疫菌在體內會快速繁殖，使得患者的病程縮短，鼠疫的一些特殊臨床表現因病情進展過快不會出現，導致臨床誤診。在湯小輝這個病例中，死者是個身強體壯抵抗力強的小夥子，而病情來勢非常凶猛，很快由腺鼠疫發展為敗血症鼠疫，導致誤診和死亡，使得我們感到這種鼠疫菌的毒力很強，不是一般的鼠疫菌。」

曹元明問：「湯小輝是透過呼吸道感染這種鼠疫菌的嗎？」

鄒衍說：「這個無法證實，屍檢發現他手指上有劃傷的痕跡，也可能是透過跳蚤傳播的。有好幾個接觸他的醫護人員感染了鼠疫，這個顯然是人↓人之間的傳播，後來對他們採取了緊急的隔離治療，還好都沒有生命危險。」

曹元明回頭看楊梅，楊梅做了個鬼臉：「不是我噢，我口罩一直戴得嚴嚴實實。那是幾個麻醉科的醫生過來替湯小輝做氣管插管，被他氣管裡的痰噴了一臉，結果不幸中招了。好可怕噢！」

曹元明問：「鼠疫的病死率有多少？」

鄒衍說：「流行性鼠疫一般是百分之二十五左右，及時應用抗生素可以降到百分之十左右。」

楊梅說：「這樣看來，鼠疫菌致死性不高嘛，怎麼還是甲類傳染病？」

薛建國搖了搖頭，說：「那是在現代的醫療條件下，在過去，鼠疫病死率是很高的。準確地說，對一種傳染病而言最恐怖的不是致死性，而是傳染性。快速發病、高致死率的傳染病不會大面積傳播，比如狂犬病毒和伊波拉病毒，雖然病死率極高，但因為從感染到發病到病死，週期很短，得了病就不可能到處跑了，也就難以快速傳播了。最可怕的傳染病，有以下特徵：傳染源能夠大範圍活動，傳播途徑透過空氣、口、性行為等播散，首推空氣，同時大多數人容易感染。就拿最近媒體屢屢提及的禽流感，這種病其實不算厲害的傳染病，密切接觸人群發病率太低，人與人之間不能直接傳染，除非發生病毒變異，否則還不如普通流感造成的危害大，而 SARS 則是個比較厲害的傳染病，但比起鼠疫來說，這些都只是瘟疫家族小打小鬧的小兵而已。鼠疫的各個特徵都符合最可怕傳染病的標準。」

他端起茶杯喝了口水，繼續說：「14世紀在歐洲廣泛傳播的黑死病是人類歷史上最嚴重的瘟疫，據估計，這場瘟疫在全世界造成了大約 7,500 萬人死亡，比人類歷史上規模最大的戰爭——第二次世界大戰死亡的總人數還要多。這種疾病是不是鼠疫，曾有爭論。最近，有科學家從分析古代 DNA 和尋找特定蛋白質兩種方式結合在一起，明白無誤地顯示黑死病由鼠疫桿菌引起。你看，這個小東西有多厲害！」

鄒衍問：「對了，剛才你說湯小輝感染的這種鼠疫桿菌有兩個異常之處，還有一個呢？」

「第二個異常嘛……你知道，鼠疫桿菌是沒有芽孢的，在外界的生存能力不是特別的強，離開宿主後，在濃痰中可存活兩到三週，屍體內可活數週至數月，蚤糞中能存活一個月以上。它對光、熱、乾燥及一般消毒劑均比較敏感，日光直射四五個小時即死，加熱到攝氏100度1分鐘，以及常用高濃度的消毒劑如石炭酸、來蘇爾、昇汞、氯胺均可有效殺死病菌。但是，」薛建國說到這裡加強了語氣，「我們卻驚訝地發現這種鼠疫桿菌在生存條件不利時會形成芽孢，這使得它生存能力大大加強，在土壤中可能存活上百年。很顯然，這種鼠疫菌在基因上發生了某種變異，如果透過基因檢測證實了這一點，那將是一個全新的發現。」

鄒衍吃驚地「咦」了一聲：「怎麼會出現這種變異？」

「這種變異確實相當罕見，只有兩種可能：自然選擇和人工選擇。」

曹元明立刻意識到了鄒衍為什麼會如此吃驚，問：「您是說，這種異常的鼠疫桿菌有可能是人工培養的？」

「唉呀，是不是有壞人故意這樣做啊？」楊梅有些害怕。

「哪有那麼簡單的事？妳以為個人能做出這種東西來？」鄒衍說。

「說不定是細菌武器呢！」楊梅嘟起了嘴。

鄒衍不屑一顧：「現在都是核武時代了，誰還玩這個？這是國際法明令禁止的。以前SARS出來時，也有人說這是生物武器，不過是無稽之談。」

曹元明繼續問：「也就是說，湯小輝感染的這種鼠疫菌，可能來自幾十年前甚至上百年前？」

薛建國說：「理論上有這種可能——休眠的芽孢復活了，就像開啟了潘朵拉的盒子。」他厚厚的鏡片後，閃爍過一絲憂色。

鼠疫是最可怕的傳染病之一，而這種鼠疫菌的毒性和生存力又比普通的鼠疫更強，這讓曹元明心中一寒，問鄒衍：「湯小輝究竟是在哪裡染上鼠疫的？按照國家規定，鼠疫是甲類傳染病，這種烈性傳染病是需要立即採取防疫措施的。」

「應該不是在我們河山染上的，我們這裡最近30年都沒見一例鼠疫了。近年來鼠疫在大部分地區都已絕跡。」鄒衍皺眉說，「湯小輝一確診，我們就上報了中央，但是，無法進行流行病學調查，他經常旅行，喜歡到處亂跑，而且突然死亡，這個傳染源是在何處，難以確定。不知道具體的地方，就無法確定疫區，無法對疫區採取鼠疫疫區處理方法。」

曹元明問：「最近幾十年我們這裡都沒有流行過鼠疫？」

「歷史上，河山縣發生過多次鼠疫流行，最近一次爆發流行已經過去六十多年了。」

薛建國對此有所研究，他推了推眼鏡，翻開一本筆記，「那是1945年2月，先是在一家叫『錦和』布店的後院水缸水面上發現有跳蚤，很快其他地方也出現這種奇怪的現象。幾天後，多處街道里弄下水道、水溝等處時有鼠屍發現。接著，在城南、河西、前門三個住宅區相繼出現高燒病人。醫生一開始誤診為惡性瘧疾，之後才確診為鼠疫。發病者愈來愈多，來勢凶猛，死亡人數逐日增加，在一週之內出現大流行，僅城南一帶，一週內就有三百餘人相繼死亡，有的甚至全家死絕。來勢如此迅速，曾進行隔離，禁止外人進入疫區。悲哭之聲，每天可聞，街上已無行人，人心惶惶，不可終日，人們都說：『誰能知我今天為親人送葬之日，就是我受傳染得病之時，夫死妻埋，妻死誰埋？』面對這場恐怖的疫病，不少人不得不離家前往鄉下。政府當局面對瘟疫束手無策，當時醫療水準十分低下，幾家私人診所根本無力採取防治措施，城內僅有一所教會辦的『慈康』醫院，這個醫院當時被日軍徵用，收容有日軍傷兵，日軍不允許中國醫師搶救病人，以免將鼠疫帶入醫院。當時治療藥物十分緊缺，群眾到處覓購有效藥磺胺類藥，藥價一路飆升，到了每石稻穀僅能買七片的地步，藥店中消發未定片、消治龍斤、大健王片、烏利龍片等搶購一空，民眾心理是寧願受傾家蕩產之苦，也要千方百計覓購救命藥。」

曹元明有些奇怪：「1945年2月？那不是冬天嗎？冬天爆發鼠疫流行？」

薛建國點頭說：「你很細心啊，我對此也納悶，因為鼠疫的發生有明顯的季節性，夏秋季節比較多，但歷史記載就是如此。換個角度想，還好是冬天，如果是夏天，老鼠和跳蚤活躍，死的人會更多。」

談話結束，曹元明和鄒衍回家，鄒衍問：「今天的談話對湯小雯一案來說有收穫嗎？」

曹元明說：「有些資訊要回去再整理。不過，還有一件重要的事要辦。」

鄒衍問：「什麼事？」

曹元明表情凝重：「得盡快把湯小輝所得鼠疫的傳染源找到啊！否則還會有更多的人受害。」

鄒衍說：「多管閒事，這是衛生單位的工作。」

「不是還查不出來嗎？」

鄒衍嘆了口氣：「你那邊答應了韓家查白骨案，這邊又要查湯小雯被殺案，現在還得查湯小輝的傳染源，你以為自己有三頭六臂？你現在還休病假呢！真要上班了，你還不累得再次胃出血？」

曹元明捶了他一拳：「你小子，咒我呢！對了，你和韓大小姐現在發展得怎麼樣了？」

鄒衍自嘲地一笑：「還能怎麼樣？我鄒某人遇到對手了。」

曹元明笑了，說：「輕易得手，你小子就不會珍惜了。」

鄒衍「嘿」地一笑：「那倒是，送到嘴邊的，我都吃膩了。」

曹元明說：「膩了就好，趕緊和那些風流遊戲拜拜吧！遇到了對手是好事，你正經八百對人家，人家也會正經八百對你。」

「她家都不是省油的燈，那老太太你見到了，她爸更是個厲害角色。」

「你是跟她談戀愛，又不是跟她爸談戀愛，管他呢！再說了，她爸生意做這麼大，沒幾把刷子哪行呢！」

「是啊，你有聽說小鏡湖的地被高價拍賣掉的事嗎？」

「沒有，我不關心這個。」
「小鏡湖你知道吧？」
「這個誰不知道，是當年董市長建設工程挖的人工湖，現在成了一個臭水塘了，人們都在批評呢……那裡的地能拍高價？」
「嘿，這你就不懂了。這個小鏡湖地段相當不錯，毗鄰新城商業區，離新建的高鐵站不遠，按說董市長眼光還是有的，後來因為貪汙坐牢去了，繼任的賀市長愛找事，把董市長任上的一系列工程全部取消，小鏡湖因此疏於治理，就變成了一個臭水塘了，周圍的地沒人願意買下……」
「你說了一大堆，跟韓吟雪他老爸有什麼關係？」
「聽我慢慢說。世達國際投資公司的老闆韓觀樵，偏偏看中了這塊地。」
「嗯，這位韓老闆眼光獨特。」
「應該說老謀深算。馬副市長年紀大了，快到退休年紀了，又沒有多少實權，只管點行政事務，因此沒什麼人去巴結他，可是韓觀樵卻隔三差五地和他聯繫感情，不是請他出席會議，就是請他參加奠基剪綵，對他尊敬得不得了，據說，還送了他一份厚禮。」

「什麼厚禮？」

「馬副市長喜歡墨寶，韓觀樵就拍來一幅齊白石的〈白荷圖〉送了他，讓他放家中清供賞玩。〈白荷圖〉是齊白石晚年的佳作，布局、筆墨、書法、印章，無一不妙，馬副市長是識貨之人，深為感動，這樣兩人的關係就更進一步了。前不久，政府決定在河山市召開全國大學生運動會，新體育中心的選址就落在小鏡湖旁邊。這個決定剛一做出，還未公布，馬副市長就把這個機密悄悄告訴了韓觀樵。於是，韓觀樵立刻買下了小鏡湖旁的地皮，因為無人競爭，價格低得很。」

「你不是說小鏡湖的地被高價拍賣掉了嗎？」

「你想啊，政府要在那裡召開大型運動會，能允許這麼有損市容的大臭水塘存在嗎？肯定要大力整治。果然，河山市召開全國大學生運動會的消息一公布後，市政府就宣布投資十億治理小鏡湖，這筆巨資簡直就是在為韓觀樵投資。接著，小鏡湖旁邊的地價就一夜暴漲，韓觀樵剛買進的地再賣出去，只這麼一轉手，便賺了個盆滿缽滿，據估計，獲利在九位數。」

「你小子，哪裡的小道消息？」

「天機不可洩漏。」

曹元明搖了搖頭，說：「這位韓老闆的眼光，不光看地，看人也準，看準了馬副市長的脾氣稟性，馬副市長對他的回報夠豐厚的。上次韓吟雪說『世事洞明皆學問，人情練達即文章』，看來是有感而發。」

鄒衍說：「沒錯。聽說世達公司不久前在上海成功運作過古北的兩棟爛尾樓，一下子獲利這個數。」說著伸出了兩根手指。

「兩千萬？」

「後面再加個零！」

「吹牛的吧？」

「江湖傳言。」

「嗯，有這麼個會賺錢的岳父，你以後不用玩手術刀了。」

「唉，不是跟你說，我遇到對手了嘛！」

「是啊，這位韓老闆看人這麼準，如果一下子就看穿你風流成性，那就糟了。我說鄒衍啊，你現在改邪歸正還來得及，和過去的豔史徹底告別。」

「去你的，到時候你就等著看好戲吧！」

兩人談笑之間，曹元明忽然想到：「既然這位韓觀樵本事如此之大，為什麼韓世達被害一案沒見他出面呢？」轉念又想：「也許他已經找了上層關係吧，我這樣的小警察，自然是不入他眼的。」他想起法醫孟清的話「韓家託的人不止一個，你並不是第一個來打聽的」，看來，追查這個案子的人不止自己一個人。

第二天，曹元明把湯小輝臨終前向妹妹交代的遺言告訴了陶鴻，推測他家閣樓上放著重要東西。陶鴻微一沉吟，說：「搜查令還沒下來，不管了，走，先看看去。」

湯小輝和黎娜同居，為了省錢，租的是城郊三和鎮的一間房子，雖說是小鎮，但由於快速發展，實際已和城區連成一體了。兩人驅車趕到，看見的是1980年代的老房子，獨院獨戶，有個小閣樓。他倆見大門敞開著，便進去了，見有幾個人在裡面四處翻看，其中一個中年男子見到他倆，劈頭就問：「你們是幹什麼的？」態度很不友善。

陶鴻出示證件：「我們是城南分局刑警大隊的，你們是什麼人？」

那人看了證件，臉色頓時緩和，說：「我們是這邊派出所的。」拿出了自己的證件，陶鴻一看，原來此人名叫盛東，也是一名警察。

盛東說起緣由，今天早上接到村民報案，說是村裡有個人家的大門被人用工具絞斷了，覺得有些奇怪，便推門一看，見裡面被翻得亂七八糟，看來是被盜了，就報警了。盛東帶了兩個派出所的員警，跟村長一起過來勘查現場。

陶鴻和曹元明對望了一眼，暗暗叫苦，沒想到晚了一步，這起竊盜案來得這麼巧！他倆向盛東說明來意，盛東聽說湯小輝藏在閣樓上的東西可能與一起凶殺案有關，不禁皺起了眉頭，說：「你們不走運，想找的那些東西，大概已經不在了。」

盛東吸吸鼻子，說：「這樣的事發生過多起。小偷膽子很大，知道這家沒有人，明目張膽地將門鎖拗斷，將裡面值錢的財物裝箱子裡抬走了。」

陶鴻和曹元明上了小閣樓，上面其實空間不大，大概五六平方公尺，散亂著一堆雜物，都是些繩索、探燈、巖鎬、巖釘、指南針、帳篷、回字扣、睡袋等等，看來，湯小輝喜歡攀岩之類的冒險活動。除此之外，並沒有發現什麼貴重的物品或者出土的物品，也沒有見到旅行背包、登山包之類的包裹或者箱子，不僅是閣樓，整個家裡都沒發現這些東西，看來的確被洗劫一空了。鄉下人口少，人們缺乏防範意識，加之警力薄弱，這種「搬家式」的入室竊盜案並不鮮見。

陶鴻嘆了口氣，說：「只有去把黎娜帶過來，讓她好好回憶丟了些什麼東西。」當下和曹元明回到刑警隊，向臧進榮報告了此事，辦理帶人手續。

臧進榮給了他一個黑色塑膠袋，裡面有幾條中華菸，說：「託人辦事，總要聯繫一下感情。看守所和派出所，都打點一下，特別是盛東那裡，我會關照幾句，希望他們加大偵查力度，儘早把小偷捉拿歸案，否則時間一長，就算抓住了人，東西也不知去向了。」

陶鴻把黎娜從黃草坪看守所帶到三和鎮，她對照現場，大致說了丟失的財物數額，但並不知道男友藏了什麼東西在閣樓上，只是說原來上面放著一個天藍色的硬殼大旅行箱，開鎖要密碼的，現在箱子不見了。

技術人員在電腦上繪製出幾張旅行箱的草圖，黎娜最後確認了式樣和大小，他們將圖片分發給附近的各個派出所，請他們特別留意這種箱子的線索。

警方從黎娜嘴裡得知了湯小輝的網路帳號和電子信箱，登入了他的帳號和信箱，想從中發現一些交易古董的訊息，但沒有留下任何的交易痕跡，查湯小輝的銀行卡紀錄，也沒有發現線索，看來湯小輝在這方面很謹慎，交易不經過網路，也不經過銀行，而是見面交易，現鈔支付。湯小輝原來有一部筆電，即使電腦硬碟的資料被刪除，也可以透過技術方式恢復，從中可能獲得某些線索，但可惜的是，他死後，這個電腦被他妹妹湯小雯使用，湯小雯被害後，這部筆電也被凶手拿走了。

在湯小雯一案尚無頭緒的情況下，感到壓力倍增的刑警隊，再次召開案情會議，會議中認為，現階段主要工作集中於三點：

一、將被害現場發現的那枚不完整的指紋與警局的指紋庫進行比對，這樣會花費大量時間和精力，但如果凶手是留有指紋檔案的刑滿釋放人員，這是最有效的方法。

二、湯小雯的社會關係還要進一步調查，凡是與她有過接觸的人，包括她的手機上近期通話名單上的所有人，都要一一盤查。

三、湯小雯被害初步認定為謀財害命，而據黎娜供述，湯小輝暗中從事「古董」交易，而且最近弄到了值錢的東西，湯小雯是知情人，她有可能無意中洩漏了這個祕密而引來殺身之禍，因此，湯小輝的「古董」交易可能與本案有關聯，要盡快查清交易的內幕。

陶鴻認為，湯小輝家的竊盜案從作案手法看，和前幾起發生在附近的竊盜案類似，湯小輝死後，黎娜又進了看守所，家裡近期無人居住，因此被竊賊盯上了。這起竊盜案應該是偶發事件，和湯小輝的「古董」交易以及湯小雯的死，可能不存在因果關聯。

他接著提出，根據掌握的情況分析，湯小輝交易「古董」的場所，不在河山本地，而是在外地。那麼，這個地方是哪裡呢？一般說來，買家總是聚集在商品流通發達的地區。如果要交易，湯小輝會選擇什麼交通工具呢？飛機要安檢，而且價格昂貴，他沒有駕照，自駕不可能，剩下的只有長途巴士和火車了。

鐵路局採實名制購票，警方透過鐵路的售票系統搜尋了湯小輝所有的購票紀錄，發現他去外地的次數最多的是上海，上海可能是他脫手「古董」的地方，又查了湯小輝手機近一年來的聯繫號碼，特別是外地號碼，逐一調查下來，發現有個上海號碼和他很頻繁地聯繫。

臧進榮圈下了這個來自上海的手機號碼：「從這裡開始吧！」

刑警隊的老夏和小宋兩人組成一個偵查組前往上海，臧進榮叮囑他們採取如下方式找到和湯小輝交易「古董」的人，以弄清交易的內幕：

一、透過湯小輝幾次購票紀錄，可以確定他在上海的停留時間，只要他入住旅館酒店，就必然留下紀錄，再查詢當時的監控錄影，就有可能找到交易的買家。

二、透過這個圈定的可疑手機號碼確定主人的身分，找到這個很可能與湯小輝有過多次交易關係的人。

老夏和小宋立即趕往上海，在上海警方的協助下，查清了那個手機號碼的主人，此人名叫錢志成，透過湯小輝入住旅館留下的監控錄影，見到了這個人的外形特徵：身材高瘦，長臉，走路有明顯的外八字。據查，錢志成是個加拿大籍華人，在一家進出口公司做銷售顧問，利用業餘時間做古玩掮客生意，對於古玩頗有心得，有時遇到被賣家當作贗品而實際上是真貨的古玩，就掏錢以最便宜的價格買下來，藏於家中，伺機出售，聽說美國、加拿大、日本、新加坡等地都有他的客戶。看來，和湯小輝交易古董的人，就是他。

錢志成的租屋處在閘北區止園路的一處上等公寓中，為了不打草驚蛇，偵查員決定不和他事先通話約時間，而是直接和他面談，但到他所在的公司一問，才知道他已經辭職了，像他這樣的人，有時一年要跳槽幾家公司。偵查員又去了他家，卻發現大門緊閉，向鄰居一打聽才知道，這個錢志成剛剛回了加拿大！此人在上海並無親人，只有幾個普通朋友，至於他什麼時候回來，誰也答不上來。老夏試著撥打他的手機號碼，手機幸運地通了，老夏說經朋友介紹，想和他談點生意。錢志成有點不耐煩地說：「等我回來再說吧！」說完就結束通話了，也不問究竟是什麼生意，似乎並不感興趣，後來又打了幾個電話過去，再無人接聽。這條線的追查，就只有暫停了。

第八章 仇殺？情殺？

湯小雯一案正在加緊偵查中，曹元明一邊關注案情進展，一邊仍在查訪韓世達一案。

曹元明去城南派出所了解馮德純的情況。馮德純雖然多年前就已退休並被廣東一家醫院聘請舉家遷至外地，但遷戶口是會留下紀錄的。他在派出所遇到了紀所長，說明來意後，紀所長翻了一下白眼：「你們刑警隊的人是越來越神通廣大了。」

紀所長和臧隊長關係不好，本來治安上派出所和刑警隊一個管防一個管打，職能上合作互補，應該經營好關係，但兩人偏偏不對盤，以前他們在基層共事時關係就不好，現在各人官居一方關係更加糟糕。前不久城南分局刑警大隊根據「天馬」夜總會的線索破獲了一起涉毒大案，紀所長一聽到消息，便腆著臉託人找臧進榮，讓他把自己在刑警隊的小舅子調進專案組，等到上頭發下立功受獎的名單，小舅子就能跟著沾個光了，這種做法並不鮮見，偏偏臧進榮鐵面無私，而且又是紀所長叫人來說情，不但拒絕還帶了頓臭罵，把紀所長氣得七竅生煙。

曹元明當然知道這裡面的名堂，但他對紀所長還是尊敬的，自己畢業後實習時跟過他，就連妻子汪敏也是紀所長的夫人介紹的。他笑著說：「您這麼說是抬舉我，我們都在警局工作，說到底是屋簷下的一家人。我們再能幹，也做不了你們的工作。」說著掏出一包中華菸塞給紀所長。

紀所長手一擋：「別來這個啊，你小子這些年，盡跟他們學些壞的。聽說你要調走了，好事。」

「我是後輩，要是哪裡學壞了，您得多指教啊！」曹元明笑容不減，抽出一支菸遞上去，紀所長瞪了他一眼，接了菸，曹元明把剩下那包菸塞進紀所長的口袋，為他點上菸。

紀所長吐了兩個菸圈，說：「讓我猜猜你來是做什麼？嗯，你是為韓世達的案子來的？」

曹元明拇指一翹：「您料事如神。」

紀所長「哼」了一聲：「什麼料事如神！大黃狗剛來過，就為的這件事。」「大黃狗」是黃利平的綽號，他原來也是城南分局刑警大隊的，現在辭職做私家偵探，以前的同事們好聽一點叫他「大黃」，難聽的就叫他「大黃狗」。

「大黃鼻子還挺靈的。」曹元明早料到韓家不會只請他一個人追查此案，沒有想到黃利平也摻和進來。

「怎麼，韓家的錢，只許你一個人賺？」

「不，我不是這個意思，我查這個案子，不是為了韓家，也不是為了錢……」曹元明想解釋一下。

紀所長揮手打斷他：「我只是提醒你一句，別跟大黃狗學，他是什麼人？你是什麼人？你以後去了政府機關，前途是光明的，不要在這種事情上栽跟頭。我就奇怪了，怎麼臧進榮手下的兵，都是這麼個出息？」他深深吸了口菸，香菸一下子燃到了過濾嘴，把菸蒂在花盆裡捻滅，「刑警隊是非多，麻利點趕緊走人。」

曹元明苦笑了一下，默然不語。

紀所長搖搖擺擺走了，曹元明鬆了口氣，跑到戶籍室找到值班的警員，這個警察是新來的小夥子，曹元明很客氣地請他幫忙，小夥子很和氣：「見外了，天下警察是一家嘛！說吧，什麼事？」曹元明請他查一下馮德純的戶籍遷移情況。

小夥子樂了：「不用查，剛有人來問過了。」

曹元明心想：「大黃狗嗅覺靈敏，步伐還挺快。」問：「怎麼樣？」

小夥子的回答讓曹元明心裡一沉：「這個人已經去世了，他的戶口其實一直沒遷出去，五年前除籍了。」

「噢，原來如此。」曹元明想了一下，「那他在河山市還有親屬嗎？最親近的是誰？」

小夥子低頭翻看了一下查過的紀錄，回答：「他的幾個子女都移民國外了，有一個姪女還在這裡，他家的老房子就是由這個姪女在照料。」

馮德純的這位姪女名叫馮霞，在環保局工作。曹元明前往環保局找到了這位快要退休的馮科長，想了解一下馮德純生前的一些情況。

馮霞是個膀大腰圓的中年婦女，坐在辦公室裡和同事話家常，曹元明委婉地說明來意，她敲著茶杯蓋子嚷嚷：「懷疑一個去世多年的老人家？你們是什麼居心？我看是利欲薰心！韓家仗著有幾個臭錢，就想欺負人？我沒工夫也沒興趣跟你這種人閒談！快走！」

見苗頭不對，曹元明只得告辭，一出門，門就「砰」地關上了，隱約聽見裡面馮霞的大嗓門還在嚷嚷：「小朱，下班後跟我一起去找警衛，這種人不能放進來，氣死我了。」

曹元明知道肯定是黃利平先前找過馮霞，雙方的談話一步入正題就搞僵了，自己去找馮霞時，正遇到她氣頭上，結果碰了釘子。他不甘心，下班後又悄悄跟上馮霞，想找她繼續談談，但依舊吃了閉門羹，馮霞警告他：「你再糾纏，我就報警，告到你上級那裡去！」曹元明只得作罷。

雖然馮德純去世了，但他仍是殺害韓世達的第一嫌疑人。死去的人不可能再追究刑責，但在道義上仍要予以追究。

曹元明盯著桌子上的那張紙出神，這是一張鄒衍提供的名單，寫著60年前醫院老員工中現在仍在世的人，有的留下了聯繫方式，有的僅僅是一個人名。

經過孜孜不倦地查詢，這些垂垂老矣的人中，有的人無論怎麼啟發都記不起當年的情況，有的人剛去世，還有的人能記起一些往事，但這些事情沒有什麼價值，現在，這個名單中只剩下了一個周冬梅。

根據敖文年保留的筆記，1950年7月3日晚上，內科的值班護士是徐小芬，她是最後一個看到韓世達的人，外科的值班護士有兩人，一人是周冬梅，一人是錢英。按推測，韓世達應該是在內科病房值班時被人約出去，然後被害的，這個約他出去的人很可能就是凶手，可能是醫院內部的熟人，那麼，那天與他一起在內科值班的徐小芬護士對此的回憶就顯得十分重要，但遺憾的是，徐小芬已去世多年。外科值班護士中，錢英患有失智症，不可能回憶當年的情況，只剩下周冬梅。曹元明請戶籍人員查詢，發現周冬梅十多年前便移居雲南昆明，和女兒女婿一起生活。

輾轉幾次，終於找到了周冬梅的聯繫電話，曹元明在電話裡表明身分，說是想請問一些當年醫院的舊事，問道：「您還記得韓世達這個人嗎？」

周冬梅說：「嗯……還記得一些，不過這個人早就不在了，你問他幹嘛？」

曹元明心中稍稍一寬，心想：「記得就好。」說：「我受一個朋友所託，想問問您一些有關的情況，方便的話，我來昆明找您。」

周冬梅通情達理地說：「我一個老太婆，有什麼不方便的。看來是有大事情，你來好了。」

那就去一趟昆明吧！

飛機飛行在雲貴高原的崇山峻嶺上空，下降時正遇上陰雨天，穿過積雨的雲層時機艙內忽明忽暗，曹元明的心情也是晦暗不明。

曹元明試著回憶16年前自己讀書時的某年某人某事，都感到記憶已經破碎不堪了，從電話裡聽，這位八十多歲老人的思維和話語還是清晰的，但畢竟過去60年了，周冬梅能在多大程度上還原當年的情景？他實在不敢寄予什麼希望，前面找過幾個老人，都沒有得到什麼線索，不過，總是聊勝於無，只有盡力而為，成與不成就看天意了。

雙腳踏上巫家壩機場，曹元明感到有些胸悶，他長期居住在平原地區，初到昆明出現了高原反應，他這才想起，手術後就沒怎麼休息過，一直為案子奔忙，這段時間缺乏鍛鍊，幾塊腹肌都變成了五花肉，體質大不如前了。

冒著淅淅瀝瀝的小雨，曹元明穿過有些泥濘的碎石路，來到了周冬梅的家。

周冬梅頭髮花白，慈眉善目，但手腳輕快，看來身體不錯，她的女兒和女婿都是大學老師，她就住在大學的員工宿舍裡，外孫長大成人外出讀書了，女兒女婿都忙於工作，老人平時一人在家，難得有位遠道而來的家鄉人。這位寂寞的老人很熱情地把曹元明迎進屋裡，泡上一杯熱騰騰的普洱茶，說起了多年不用的家鄉話。

曹元明心想：「看來大黃沒有來過。」他先是出示證件，和周冬梅寒暄一番，並帶來了河山的一些土特產作為小禮物，老人高興地收下了。兩人就這樣聊起來。

「您是哪一年到『慈康』醫院工作的？」曹元明開始引導老人對往事的回憶。

「1948 年，不過我 1946 年就在這個醫院當護士實習了。那時，對男女學生的管理嚴格極了，要求每個員工信教，開飯前先唱讚美歌。」

「您和韓世達醫生熟嗎？」

「滿熟的。」

「他的事，您還記得多少？」

「怎麼了？你千里迢迢跑來，不是為了考驗我這個老太婆的記憶力吧？」周冬梅笑瞇瞇地問。

「實不相瞞，我來是為了調查一起凶殺案。」曹元明把韓世達被害一案簡略地說了。

周冬梅笑容頓斂，臉上露出了悲痛的神色，隔了一會兒，說：「這個凶手真不是人！當年韓世達失蹤，有人說他潛逃了，我們都不信，原來是被人殺害了，他死得冤啊！」說到這裡，語音有些酸楚，看來，她和韓世達是有交情的。

她平復了一下心情，問：「那我怎麼幫你們呢？」

「我剛才說了，請您回憶一下當年有關韓世達的事，越多越好，越詳細越好。」

「這個……」老人有些茫然，「從哪裡說起呢？」

「比如說，您能描述一下第一次見面的情景嗎？」

「嗯……我第一次見到韓世達，還是在他家。他工作時很認真很嚴謹，但平時為人隨和，生活方式西化，他曾邀請幾個護士去他家做客，同伴就拉上我了。我第一眼見到他時，他坐在沙發上，茶几上放著咖啡、雪茄菸，拿著一冊小仲馬的《茶花女》，正讀得津津有味。」

周冬梅的回憶讓曹元明心中一喜，看來，這位老人對細節的記憶很真切，真是太難得了。

「妳們護士對韓世達的印象都滿好的吧？」

「是的，他受的是西式教育，很有紳士風度，懂得尊重女性，這在那個年代很少見。」周冬梅望著窗外的雨中秋景，悠然神往，「記得那年他也是秋天結婚的，我們都去觀禮，婚禮就在醫院的教堂進行。新娘是『同福』洋行老闆的千金，韓醫生是基督教徒，新娘在幼年時受洗過，成年後雖沒有正式入教，但對於在教堂中舉行基督教儀式的婚禮當然是同意的。」說到這裡，她有些歉然地笑了一下，「我扯得太遠了吧？」

「噢，沒有，請繼續說。」引起詢問者興趣的話題，是開啟對方心扉的捷徑，讓對方暢所欲言，才不會對來訪者產生反感和戒備。

周冬梅繼續描述婚禮的情景，彷彿六十多年前這一幕就在眼前發生：

「禮堂中紮著竹葉松枝，點綴著許多五色的玻璃小燈，布置得華而不奢，別有一種莊嚴隆重的氣象。除了鋼琴和提琴合奏的悠揚樂聲，禮堂中滿座的賓客都靜默無聲，顯得莊嚴隆重，與那繁縟喧鬧有時簡直鬧得烏煙瘴氣的舊式婚禮相比，真是別開生面。

「那場面現在當然不稀奇，當時對我們這些鄉下孩子來說，卻有無比的新鮮感。道格拉斯神父穿著黑色禮服，捧著聖經，緩緩地從休息室中走出來，樂聲便奏起華格納的〈婚禮進行曲〉。我們的眼光都望向禮堂門口。一個五六歲的女孩提著花籃，緩步進來，小女孩後面，有一個伴娘，打扮得非常豔麗；再後面，就是穿禮服的有點肥胖的新娘父親，扶著打扮得像天仙般的女兒，按著樂聲，一步一步地踏著節拍進來。新娘後面有一個捧紗的小童，穿著一身白綢的童裝，活潑可愛。新娘低垂著頭，似乎有些害羞的樣子，頭部罩著白紗，面貌倒瞧不清楚。不一會兒，穿著西式大禮服的新郎和一個伴郎也依著樂聲的奏節，緩步前進。新郎五官清秀，英姿颯爽。新娘父親放開女兒的手，退到座位上去。新娘便獨自和新郎並肩地站著。道格拉斯神父開始誦讀聖經，誦讀完畢，向新郎詢問：『你可願意終身愛她，安慰她，敬重她，保護她，而和她百年偕老？』新郎回答『願意』，神父又轉頭向新娘詢問同樣的問題，新娘也回答『願意』。接著新郎新娘交換戒指，新郎親吻新娘，神父宣布二人正式結為夫妻，那話我現在還記得：『從今以後，你不再被溼冷雨水所淋，因為你們彼此成為遮蔽的保障。從今以後，你不再覺得寒冷，因為你們互相溫暖彼此的心靈。從今以後，不再有孤單寂寞。從今以後，你們仍然是兩個人，但只有一個生命。唯願你們的日子，天天美好直到地久天長。上帝保佑你們！』然後大家一起唱讚美歌。」

周老太太很健談，對那場遙遠的婚禮歷歷在目，說完這些，臉色泛出了潮紅，顯然這段回憶撥動了她內心的情感。

曹元明心中一動：「也許，這位老太太當年可能暗戀過韓世達吧？她對六十多年前的那場婚禮的記憶如此完整而清晰，說不定，在少女懷春的芳心之中，已經把自己代入新娘的角色了。」

聊起韓世達的婚禮只是曹元明的鋪陳，下面就進入正題了。

「韓世達失蹤那天，您是和馮德純醫生一起值班，那天的事，還記得嗎？」

「我記得。」周冬梅的話一下子讓曹元明放下了心。

「雖然過去好多年了，但那晚的事，警察詳細問過我，那是我第一次面對警察，覺得很新奇，也有些緊張，因為涉及韓世達失蹤的大事，所以當時的情景現在還記得。」

老人回憶說，「馮醫生剛到『慈康』醫院，我是第一次和他值班，還不熟悉，就沒和他說幾句話。那時，一切都還沒有像今天醫院一樣正規，外科囊括了從頭到腳、從裡到外所有傷情，只要見血而符合住院條件的，都包括在內。外科病區的住院，不是以受傷、手術的部位來劃分，而是以『輕、中、重』三個等級進行劃分的，按病人先來後到的順序住進病房。那晚馮醫生吃了晚飯，在病房巡視了一圈，就去值班室了，值班室的燈一直亮到晚上十點才熄。」

「您看到馮醫生出來過嗎？他是不是整晚都在值班室？」

「我沒有看到他出來，因為我不是一直待在一個地方，晚上要經常去病房巡視，護士辦公室和醫生值班室離得很遠，所以即使他出來了，或者出去後又回來了，我也不一定知道。而且，後半夜值班的是錢英，後半夜的情況我就不知道了。」

「7月3日前後一段時間，韓世達和馮德純，這兩個人有什麼反常嗎？」

老人仔細想了一下，搖頭說：「沒覺得他們有什麼反常。」

「那段時間，醫院有什麼異常的嗎？」

「除了韓世達失蹤，也沒有什麼異常的。」周冬梅忽然停止了搖頭，「噢，對了，鍋爐裡被塞進了一個豬頭，拿出來的時候，已經燒糊了。這個算嗎？」

「鍋爐，豬頭？」曹元明心中一動，拿出敖文年繪製的醫院舊址草圖，放到周冬梅眼前，「您能指出鍋爐房的位置嗎？」

周冬梅戴上老花眼鏡，看了半天，指出了鍋爐房的位置，在幾十年前的「慈康」醫院，埋屍的苗圃的西側是廁所，東側是手術室，而鍋爐房則緊挨著手術室的北邊。凶手如果在醫院裡將人分屍，而且包裝好了屍塊，為什麼不趁黑夜運走，而要埋在園圃裡呢？敖文年曾分析，廁所可以掩蓋滲出的屍臭，手術室方便肢解，現在看來，鍋爐房也距離很近，曹元明推測，凶手可能有將屍塊塞進鍋爐裡焚屍滅跡的企圖。

「鍋爐房平時有人嗎？鍋爐什麼時候開火？」

「每天早晨五點多吧，醫院熱水的供應和外科器械高溫消毒，都要靠它。」

為什麼鍋爐裡會出現一個豬頭，這跟本案的案情有關嗎？還是一個偶發的惡作劇呢？

「那個豬頭，確定是豬的嗎？」

「當然了。」周冬梅似乎覺得這個問題有些可笑，「這個誰會認錯？」

「那個時候手術室晚上是鎖門的嗎？」

「鎖門的。」

「如果晚上有急診手術怎麼辦？」

「那個年代『慈康』醫院條件很差，缺麻醉藥，缺專科器械，闌尾炎手術就算大手術了，白天手術都少，晚上根本就沒有手術。正因為醫療水準有限，這才要部隊轉業人員支援。你想啊，醫院到了晚上經常停電，黑燈瞎火的想做手術也不成，難道讓護士在一旁舉著蠟燭開刀？手術是精細工作，又不是屠夫宰豬宰羊那麼粗枝大葉。」

曹元明心想：「分割一具人體，對於熟練的人來說，還真和宰豬宰羊差不多。」

「是不是哪個醫生都可以進手術室？」

「按規定，手術室鑰匙由外科值班醫生保管。手術室裡面沒有什麼東西，旁邊就是擱屍體的太平間，陰森森的挺嚇人，誰吃飽了沒事會跑進去？」

「那晚手術室有什麼異常嗎？」

「這就不知道了，醫院經常有鬧鬼的故事，晚上誰也不會去關注手術室和太平間。」

曹元明思忖片刻，問：「醫院經常有鬧鬼的故事？」

老人笑了：「都是傳說啦，我做醫務工作這麼多年，從來沒碰到過，早不信這個了，不過，剛工作時還是有點怕的。」

曹元明想起了韓老太太說過的那個噩夢，問：「那麼，有沒有聽過這樣的鬼故事：

會跑的人頭？」

「會跑的人頭？怪嚇人的……這個倒沒聽過。」

「那是些什麼鬼故事？」

周冬梅想了一下，說：「『慈康』醫院在抗戰時被日本人占用，作為軍事醫院，收治過日本傷兵，也收過一些奇怪的病人，不過這些病人都是晚上用軍車運來的，後來又不明不白地消失了，誰都不知道他們去了哪裡，於是就有人編了鬼故事，說這些人化為陰魂盤踞在醫院久久不散。多年後，還有人說在『八角樓』，深夜時能聽到隔壁有啾啾鬼嗚，地下室地板會濡滲出汩汩的血，走道裡能聽到鬼的腳步聲。」

「您見過這些奇怪的病人嗎？」

「沒有人看到過，日本人把這些人單獨隔離在地下室，外面有專人把守，其他人根本不能靠近，顯得很神祕。」

「這些人都關在地下室？」

「是吧，反正『八角樓』整個都被日本人占據了，實際上關哪裡別人不知道。」

「這些病人怎麼奇怪了？」

「不是跟你說了嗎，我是 1946 年才到這個醫院實習的，那時抗戰已經勝利了，這些都是聽別人說的。」

「了解這些情況的人，您還記得有哪些嗎？」

「有我的老師，還有一些年長的護士，不過，過去這麼多年，這些人都已經不在人世了。」

曹元明覺得剛才幾個問題有些離題了，把話題又拉了回來：「您覺得馮德純醫生怎麼樣？」

「他的醫術？他以前在部隊當過兩年衛生員，在野戰醫院接受過戰地救護培訓，水準當然不及韓世達這樣受過科班教育的醫生。」

「他的為人怎麼樣？」

「起初不熟悉，後來，同事相處久了，發現他是一個內向的人，給人一種很憂鬱的感覺，聽說他父母被惡霸害死了，所以一直是這個樣子。其實，他的憂鬱並不是怨天尤人，很多事都挺豁達的。」

「豁達？這話怎麼說？」

「噢，他一隻腳有點跛，是在朝鮮戰場上被美國飛機扔下的炸彈炸傷的，因為戰場醫療條件不好，直到回國後殘留在腿裡的彈片才取出來，結果落下個陰雨天就腿疼的毛病，有時疼得晚上整晚都睡不著。你知道，河山那地方，梅雨季節是很長的。但他卻不以為意，說很多戰友都犧牲在異國，他能活下來已經是上天眷顧了，一點疼痛算不了什麼。」

「這位馮德純果然是軍人出身，是個硬漢啊！他有沒有跟妳們講講戰場上的見聞和他的英雄事蹟？」

「他很少談自己，和我們談得最多的是那些犧牲的戰友。」周冬梅側著頭回憶往事，「他常說起一個姓田的軍醫，戰爭時期他們成為了戰友，都在師野戰醫院工作，雖然這個姓田的軍醫年紀比老馮小，但教育程度和醫術要高得多，閒暇時幫助老馮學習，還教他下圍棋，後來，兩人一起南下到河山縣工作，再後來，又一起去朝鮮，可以說是患難與共的兄弟，可惜的是，這位姓田的戰友犧牲在朝鮮戰場，再也沒有回來。」說到這裡，老人有些唏噓。

「這位姓田的先烈，和馮德純是同鄉嗎？您記得他的名字嗎？」曹元明心生敬意，想起了自己的祖父。

「這位田醫生是東北人。對了，他也在『慈康』醫院工作過呢！和老馮一起，1950年從部隊醫院轉到地方醫院，第二年年初就去了朝鮮，在地方上工作只有幾個月，所以名字一下子想不起來了。」

曹元明突然想起在市立醫院百年院志的大事年表上，提到在援朝期間醫院響應號召組織醫療小組赴朝，其中提到一位名叫「田力」的醫生光榮犧牲，問：「這位烈士是不是叫『田力』？」

「對了，你一說我想起來了，你怎麼知道？」周冬梅輕輕拍了一下桌子，「這個田醫生個頭不高，但很有活力，去朝鮮之前，剛娶了老婆，是我們本地人，走的時候老婆還懷著孩子呢，真可惜……」她一聲嘆息。

「田醫生也是外科醫生？」

「是啊，聽說開刀技術可好了，要不怎麼去朝鮮？開刀這個工作要天賦的，天賦是會遺傳的，他的遺腹子，後來也成了我們醫院的外科醫生，在河山市的名氣很大的……」

曹元明「嗯」了一聲，長期養成的職業習慣使他不肯放過任何可能的線索，既然田力和馮德純的情況類似，比如，兩人都是外科醫生，都從部隊轉至「慈康」醫院工作，就不能排除作案嫌疑，問：「那麼，在韓世達失蹤的那天晚上，你見過田力嗎？」

周冬梅搖頭，「沒見到，我又不是警衛，進出醫院的人哪能個個看到？」語氣中似乎對曹元明的多疑有些不滿。

曹元明歉意地笑了笑：「這是我的職業病，您別介意。」他想：馮德純殺害韓世達還有作案動機可言，這位田力醫生是東北人，和韓世達以前應該是素不相識的，到「慈康」醫院不久又去了朝鮮，兩人不至於存在什麼深仇大恨，沒有作案動機，毫無緣故的懷疑對先烈確實不敬。

他順便再問了一句：「那麼，警衛說過那晚見過田醫生嗎？」

「那時的警衛是魏老頭子，現在早死了不知多少年了，你這個問題誰也回答不了。」周冬梅再次搖頭，忽然，她想起了什麼，「我記得魏老頭說，田醫生工作很努力，晚上不值班也來醫院看病人。」

曹元明立刻追問：「是哪一天，是不是韓世達失蹤的那天？」

「這就不記得了。」

「這話是經常說，還是只說過一次？」

「他說過幾次我不知道，我只聽到過那麼一次。田醫生到我們醫院沒多久就去了朝鮮，這樣的次數肯定不多吧……」周冬梅努力回憶，「嗯，對，好像就是韓醫生失蹤的那幾天說過，警察來醫院，問了幾個醫生，看看韓世達有沒有潛逃的反常跡象，耽誤了他們的吃飯時間，我就去食堂替田醫生打飯，遇到魏老頭，順便聊了幾句。」

曹元明心想：「雖然田力和韓世達以前素不相識，但身為部隊軍醫轉到了地方醫院，以他的醫術和身分，必然得到醫院的重用，而韓世達的父親身為惡霸分子被鎮壓，工作上不如意，失落感可想而知，那麼，兩人會不會因此而產生矛盾呢？」

周冬梅對這種想法矢口否認：「沒聽說田醫生和韓醫生有矛盾，田醫生是6月下旬到『慈康』醫院的，韓世達是7月初出事的，兩人說不定還不怎麼認識呢！再說，韓世達的右手沒有拇指當不了外科醫生，只能在內科，田醫生是外科的，兩人工作上沒有什麼衝突。」

看來，還是馮德純的可能性更大。

曹元明接著周冬梅前面的話題問：「您剛說到這位田醫生的遺腹子是個在河山市名氣很大的外科醫生，是誰啊？」

「鄒和平啊，沒聽說嗎？後來還當過我們醫院的院長呢！」

「鄒院長啊！」曹元明恍然，這才知道鄒衍的祖父居然是位革命先烈，「我當然知道鄒院長，他還替我做過手術呢！咦，他怎麼沒跟他父親姓田？」

「田醫生犧牲後，他妻子帶著出世不久的孩子改嫁了，孩子就隨繼父的姓了，這件事只有我們幾個老員工知道，旁人都不知道。」

曹元明把周冬梅的回憶梳理了一遍，覺得該問的都差不多問了，只留下一個疑問：從她的話來看，韓世達雖然右手有殘缺，但年輕有為，家境富有，對情竇初開的少女頗有吸引力，這樣的人，真的和其他女性絲毫無染嗎？儘管敖文年等人當年的調查已基本排除情殺可能，但現在再問一遍又有何妨？把這樣的話題放到最後，是因為周冬梅對韓世達的印象很好，一開始就提這個問題會引起老人的反感，不利於談話的深入。

曹元明問：「韓世達那時候很受年輕女性歡迎嗎？」

「嗯，你這話的意思是……」老人有些警覺地問。

「恕我直言。」曹元明覺得還是單刀直入比較好，「我的意思是，韓世達和其他女性有沒有過於密切的交往？」

周冬梅沉吟片刻，問：「這個很重要嗎？」

曹元明從她的話裡感到其中有戲，說：「是的，他的死，要排除情殺的可能。」

周冬梅臉色變幻不定，曹元明小心翼翼地說：「如果涉及您不願提及的個人隱私，那麼，請原諒我的冒昧。」

周冬梅淡淡一笑，說：「既然牽涉到命案，都過去這麼多年了，我還有什麼好隱瞞的，何況，與他有染的女子，不是我，是我表姊。」

曹元明頗感意外，沒有想到這個妻子眼中品行完美的模範丈夫，居然和其他女子有曖昧關係！這個資訊，連當年辦案的警察都不知道，這會不會是揭示韓世達被害的一條重要線索呢？他立即追問：「當時警察問過韓世達生活作風方面的情況吧，妳怎麼不說呢？」

周冬梅回答：「他們沒有問過我，問我，我當時也不會說，因為我和我表姊關係極好，比親姊妹還親，這個祕密只有我倆知道，發過誓絕不透露片言隻字。如果不是你提到韓世達死得這麼慘，到今天還是不會說。不過，如果你懷疑我表姊，那也不對，韓世達失蹤那天晚上，我表姊不在河山，她在上海。她是大勝紗廠的股東，參加了那天紗廠舉行的股東理事會議。我記得很清楚，我值班後第二天休息，去上海玩，她來車站接我。表姊不可能殺害韓世達，她很愛他，韓世達失蹤後，她痛苦了很長一段時間。」

雖然人不在河山，但存在同謀的可能，有可能是僱凶殺人，很難想像一個女子能夠熟練地分解一個活人。

曹元明乍聽到這個消息，一時有些激動，韓世達看來是一個很善於隱藏心事的人，妻子對此一直茫然無知，焉知他是不是只有這麼一個情人？他腦海裡浮現出第三者要求轉為正室，而男子頗有顧慮，他的猶豫引發了第三者的極度不滿，最後發展為報復殺人，這樣的案例很多。

「請您詳細談談表姊和韓世達的事好嗎？這對破案很重要。」

周冬梅猶豫再三，曹元明耐心地等她開口，並不催促，終於，老人似乎下了決心，說起了陳年往事：

「我表姊是個很有故事的人。她爸爸，也就是我的大姨父，是河山縣的一個惡霸，兼當地保全團大隊長，又開著兩家商店、一家工廠，因為招民怨，被憤怒的群眾打死了。表姊是長女，因為家裡有錢，從小就受到了良好的教育。她在讀高中的時候，跟學校的一個姓唐的年輕老師悄悄談戀愛。那個唐老師是個激進的熱血青年，當時已經參加了抗日組織。不久，該組織出現了叛徒，遭到了日偽特務的破壞，於是唐老師被組織安排緊急撤退，前往抗日根據地。表姊跟唐老師分別時，剪下了自己的一束頭髮，連同從家裡偷出來的幾兩黃金一起交給對方，說一定等著你回來。之後，她為表達自己對唐老師的海誓山盟，果斷地退了學，待在家裡閉門不出。一晃數年，到了1948年初，表姊忽然接到唐老師從上海寄來的一封信，說他已在上海居住，她方便的話可赴上海見個面。表姊欣喜若狂，立刻前往。唐老師已經不當老師了，在上海一家洋行當帳房先生，其實他是受組織指派潛伏上海從事地下情報工作。根據組織的指示，為便於開展工作並作好安全掩護，他應該考慮成個家，如果一時沒有合適的對象，組織上可以派人跟他組織一個假家庭。唐老師於是就寫信給表姐把她叫去了，這樣，兩人正式結婚。婚後不久，一群特務闖進家門將他抓去。這一去，再也沒有回來。當時，表姊根本不知道丈夫的真實身分，也不知道特務為何要逮捕他。救人要緊，情急之下，她馬上向娘家發電報求援。我大姨父儘管驚惶，但還是立刻趕到上海來疏通營救。好不容易打聽到消息，說是唐老師已經被槍決了。表姊自然是悲痛欲絕。

「後來表姊才知道丈夫原來是革命組織的人員。那次大姨父趕到上海營救女婿時，帶來了一些金銀鈔票，人沒有救成，就把錢留給了表姊。後來大姨父被群眾打死，家裡遭到了清算。他當初去上海時帶給女兒的那筆財產也要追查，不久就有人前來找表姊問話。當他們得知表姊是革命烈屬後，就沒有為難她，財產的事什麼也沒說就走了。

「表姐就用這筆錢財投資實業，買下了一家私人紗廠的部分股權，自己也不去上班，按月領取紅利，過著非常豐裕的日子。她出身富有家庭，過慣了養尊處優的好日子，手頭又有錢，就時不時買些上等商品享用。這雖然跟社會提倡的艱苦樸素作風不大相符，但人家是烈屬，街坊大媽們對她板不起臉孔，也就只好隨她去了。

「表姊有一次回鄉探親，身體不適，到醫院看病，是我向她介紹韓醫生的。韓醫生醫術高明，藥到病除，表姊對他很是欽佩，除了談病情，還在一起談心。兩人的父親都是被政府鎮壓的，有點同病相憐，而且韓醫生長相斯文和唐老師很有幾分神似，所以表姊和他的交往很快就密切起來，後來，韓醫生有時是在表姊那裡過夜的，只是對家裡說是值班。」

周冬梅喝了一杯茶，結束了這段長長的回憶。

曹元明看過韓世達的結婚照，確實是位美男子，而且平時一定是風度翩翩的紳士派頭，不然，這麼一位右手殘疾的男子怎麼會如此吸引他人？他推測，韓世達之所以接近袁素，可能因為袁素是烈屬，雖然父親是罪大惡極的惡霸，而她本人卻一點事都沒有，照樣花錢如流水，這種無憂無慮的生活必然會勾起韓世達對昔日闊少生活的留戀，在惶惶不可終日的韓世達看來，如果能攀上這位革命烈屬，和她結婚，那麼，自己就不用擔心後半輩子的生活了。而袁素身為一個青春韶華的寡婦，雖然衣食無憂，但深深的寂寞卻一直包圍著她，現在生活中突然出現了這麼一位彬彬有禮的醫生，如此體貼殷勤地為自己服務，可能讓她想起了過世的丈夫，於是就投懷送抱了。

打聽到這麼個重要資訊，曹元明覺得此行不虛。

談了這麼久，雨過天晴，如火的晚霞鋪滿了西邊天際。曹元明起身告辭，周冬梅要留他吃晚飯，他說不了，還得趕緊回去，臨走時再三感謝這位老人的積極配合，並祝願老人身體健康。

曹元明沒有直接回河山，而是去了上海。

此前，一直認定此案最大可能的作案動機為仇殺，而且把馮德純列入了可疑名單之首，現在曹元明有了一個顛覆性的看法：此案存在情殺可能！那麼，袁素就是嫌疑人！

周冬梅不相信表姊會害韓世達，但曹元明心想：「即使袁素不是凶手，但以她對韓世達的了解，從她那裡肯定能得到更多關於韓世達的資訊，說不定凶手的線索就在其中。」周冬梅和袁素這表姊妹倆一直保持著聯繫，曹元明從她那裡問了袁素的近況，知道袁素後來再婚過，但最近身體不好，現在正病重住院，於是，他趕緊前往上海，希望能和袁素見上一面，這可是不可多得的知情人。

當晚，曹元明匆匆登上了飛往上海的班機，時間不等人，老人們的時間不多了，必須跑在時間的前面。

第九章　「完美」的失蹤案

曹元明抵達上海虹橋機場，趕到華山醫院已經是深夜12點，袁素幾次發生腦梗塞，都是住這家醫院。曹元明入住附近的一家快捷酒店，休息了一下，準備天亮後就去探視袁素。他擔心的是，袁素年邁病重，提及往事尤其是那種事情對老人是個不良刺激，這使他感到難以啟齒，如果有家屬在場，更會引起尷尬，只有先去看情況再說了。

翌日上午，到了醫院的探視時間，曹元明進入了神經內科大樓，打聽到袁素的病房，但當他邁出電梯時，聽到的是一片哭聲，他心中一緊，只見袁素住的貴賓病房走廊上聚集了一群人，都在拭淚哭泣，場面悲慘。

一個護士匆匆走過，曹元明輕聲問：「袁素是住這裡嗎？」

護士看了他一眼，回答：「是的，不過人已經不行了。」

一會兒，只見幾個醫生護士推著病床出來了，一個五十多歲的男子詢問情況，一個年紀大的醫生搖頭說：「請節哀順變。」走廊裡頓時哭聲大作，這些人看來都是袁素的家屬好友。

曹元明佇立當地，心中一陣難過，不管王侯將相、才子佳人還是販夫走卒、升斗小民，芸芸眾生誰都逃不過死神的擁抱，死亡面前，人人平等。他甚至感到，這樣追查下去還有意義嗎？也許，凶手的墳頭已經長出了高高的雜草……

他想：「袁素死了，線索就此中斷，偵查工作又回到了原點，不，馮德純也死了，看來連這個原點也是回不去了……既然有情殺可能，那麼，除了韓世達這邊的問題，韓老太太那邊會不會也存在問題？有的時候，凶手往往是和被害者關係最近的人。」

這個想法實在有些匪夷所思，他搖了搖頭，停止了這種漫無邊際的猜想。

曹元明把思路重新整理了一下：「姑且不論袁素是否參與了謀殺韓世達，即使參與了，動手的也不可能是她這個弱女子，而是另有其人。這個肢解活人的凶殘殺手，仍然要從符合所推測的特徵去找：『慈康』醫院的員工，外科醫生，可能是部隊轉業人員。」

他想起了周冬梅提到的那個「田力」，他和馮德純都符合這幾個特徵，這個人居然是鄒衍的祖父，這真是不可思議的巧合，可以透過鄒衍打聽一些他的情況。

回到河山後，曹元明去找鄒衍，他正在值班。

曹元明見值班室只有他一人，便掩上門。

鄒衍說：「鬼鬼祟祟的，你想幹什麼？劫財還是劫色？」

曹元明說：「談點你家的私事。」

鄒衍有些奇怪地摸了一下他的額頭：「嗯，沒有發燒……說吧。」

曹元明坐下來，說：「我們談談你爺爺好嗎？」

鄒衍往背椅上一靠：「我爺爺鄒水根，河山人，向陽小學退休教師，曾任學校訓導主任，2005年去世，享年79歲。你還想知道什麼？」

「我說的不是他，而是你的親生爺爺田力。」

鄒衍從椅子上一下子坐了起來：「你怎麼知道？」這件事，鄒家內部從來就不提，更不要說對一個外人了。

曹元明說：「我是在追查韓世達的案子時，從一個醫院老職員那裡聽來的，所以有些好奇。

「你問這個幹嘛？」

「不是說了嗎？就是有些好奇。」

曹元明不想把對田力的懷疑告訴酈衍，這對朋友、對犧牲在朝鮮的田力，都是不尊重的，而且，他也不希望酈衍的祖父和韓吟雪的祖父之間扯上什麼冤仇，詢問一下田力的情況，更多是出於職業的本能：不放過一絲可疑之處。

「好奇？」酈衍狐疑地盯著曹元明。

曹元明說：「是啊，田力是你的親爺爺，在朝鮮戰場犧牲，怎麼從來沒聽你說起過？」

革命先烈在當時是很高的榮譽，酈家卻對此守口如瓶，這確實有點奇怪。

酈衍一攤手，說：「那是我奶奶不願意提，一是提起來就傷心，二來，我奶奶後來嫁給我現在這個爺爺後，一直沒有生育，心裡愧疚，把我爸爸改姓酈，也有彌補的意思，你知道，我現在這個爺爺心眼比較小，有些事喜歡計較，所以我親爺爺的事我家向來不說。」

「說說你這位英雄爺爺吧！」

「你應該改行加入狗仔隊。」鄒衍撇了撇嘴，「我的這位親爺爺，說來跟我一點也不親，連我爸都沒見過。他是東北人，老家在哈爾濱，但是，我們一直沒有去過那個老家，因為他是個戰亂中流散的孤兒，所以我們和他家親戚也沒有來往。小時候去掃墓，奶奶從不告訴我這個墓裡究竟是什麼人，直到我現在的爺爺去世後，我才知道一點他的事。大致就這些了，其餘的，只有天知道。」

鄒衍的奶奶匡月芝，前年去世了。

曹元明問：「完了？」

鄒衍一瞪眼：「完了！怎麼？你還想寫長篇報導？」他「嘿」地一笑，「你問這個一定別有用心，是不是和韓世達的案子有關？」

曹元明不置可否，說：「隨便問問。」

「隨便問問？嗯，說到爺爺，我倒想知道你爺爺的故事，上次你不是說你爺爺也和這個案子有關嗎？」

「是的，這裡有一起冤假錯案。」鄒衍這麼一說，倒提醒了曹元明，既然「黑薔薇黨」一案和韓世達一案有關聯，為什麼不查查「黑薔薇黨」究竟是怎麼回事呢？即使是冤假錯案，了解一下案情對偵破韓世達一案或許會有所啟發。假如韓世達真加入過特務組織，那麼被暗殺滅口就不足為奇了。

曹元明去找敖文年，想了解一下當年「黑薔薇黨」一案的詳細情況，這位老人是該案的受害人之一。「黑薔薇黨」這個冤案後來平反，但市府檔案裡對此的記載很簡略，一些原始卷宗沒有保存下來。不料，敖文年家沒有人，曹元明一打聽，才知道敖文年參加一個老年旅行團去了新疆，說是要去爬天山，賞天池，去喀納斯湖釣魚，還要到伊寧草原騎馬，這位八十多歲、瘸了一條腿的老人真是老當益壯！

敖文年沒有手機，用他的話來說：「用不慣那玩意。」曹元明只得找到旅行社，查了導遊的手機，透過導遊找到敖文年。

敖文年說：「這個案子電話裡一兩句說不清，有兩個知情人你可以去找，一個叫賴勁松，他當過你爺爺曹炳生的警衛員，另一個叫孫寶章，他是成化寺的廟祝。」

曹元明一聽到「孫寶章」這個名字，就想起來不久前還在成化寺見過這位老人，無巧不成書，這個世界可真小！

曹元明決定先去找孫寶章，因為這位老廟祝曾說過，舊的成化寺在戰時徵用為野戰醫院，而就是這個醫院其中的一部分人員後來轉業到了「慈康」醫院，說不定他能回憶起當年的一些特別的人和事。

於是，曹元明趕到成化寺，找到孫寶章，請他喝從雲南帶來的普洱茶。兩人聊開了，說到當時的情景，曹元明問：「您還記得那些軍醫、衛生員嗎？」

「那時我才十來歲，很多事都忘了。」

「還記得其中一些人的相貌、姓名嗎？有什麼比較奇特的事嗎？」

孫寶章抱歉地笑了：「呵呵，這個就記不得了。」

曹元明進一步提示：「其中有一個叫馮德純的，是河山本地人，還記得嗎？」

「呃……你這麼說，我倒記得一點。」老人回憶說，「當時我們不會說普通話，都說方言，有一個軍醫替他們當翻譯，他是本地人，好像……是姓馮。他經常和另一個軍醫下圍棋。」

曹元明想起了周冬梅說過田力教過馮德純下圍棋，兩人關係不錯，便問：「這個和他一起下棋的叫田力，是東北人，對嗎？」

在曹元明的啟發下，老人回想起了一些片段：「對。那個田軍醫好像挺喜歡我們這邊的景色，有一次我去千巖山大蛇谷採藥，看到他一個人站在山上，見到我，他說這裡的風景如畫，跟東北完全不同。」

「還記得其他人嗎？或者特別的事情？」

老人搖了搖頭。

看來，這方面再也問不出什麼了，於是，曹元明就換了一個話題：「關於『黑薔薇黨』案件，你能說說嗎？」

聽到「黑薔薇黨」這幾個字，孫寶章臉上肌肉微微抽搐，表情十分痛苦。曹元明誠懇地說：「我知道提到這個問題讓您難過，還請原諒。我爺爺曹炳生，就是因為這個案子冤死的。事情過去幾十年了，後來也平反了，我不是想追究什麼，只是身為受害人的後人，想了解一下事情的來龍去脈。」

孫寶章聽了這番話，一聲長嘆，說：「原來如此，唉，那個時代，真是造孽啊！這說來，話就長了。」

原來，孫寶章的父親孫昌林，當時就在成化寺當廟祝，孫昌林有個哥哥孫昌江，而這一切的起因都源於此人。

1966年6月，一場轟轟烈烈的「破四舊」運動開始了。河山市當然不能避免這一衝擊，成化寺頓時成為當地代表性的封建腐朽建築，一群紅衛兵高喊著口號衝進本已殘破不堪的寺院，趕走居住於此的廟祝孫昌林一家，搗毀神佛塑像後仍不解恨，最後還從附近的礦山弄來炸藥和推土機，要把這座古剎夷為平地。

不料，這一炸，炸起了一個軒然大波：從寺院倒下的廢墟裡，人們發現了一個一尺見方的盒子，這個盒子是硬木包銅的，密封完好，開啟一看，所有的人都大吃一驚：盒子裡裝的是美製左輪手槍一支，子彈50發，以及32開小冊子一本。這本小冊子是用漢字打字機打出蠟紙後油印的，印刷雖然簡單，但紙張卻是美國進口的道林紙，封面上印著的標題是《小學生必須認識的三千個漢字》，沒有落款，右上角另有幾個小字「專供國文教師使用」。從封面看，很容易使人認為這是一本個人編印的供小學語文老師使用的教學輔助教材。可是，翻開正文一看卻不禁使人心生疑竇，每個漢字的前面都有一組由六位不同的阿拉伯數字組成的號碼。一開始以為是四角號碼，可是，懂四角號碼的人來看過後，馬上就否定了，裡面沒有一組數字是跟四角號碼相同的。當時主導階級鬥爭的人們，立刻聯想到這是特務分子隱藏的密碼本。於是，警局馬上接手開始了偵查工作。

手槍和子彈已經有些鏽蝕，而且書中的漢字是繁體字而不是近年來開始推行的簡體字，猜想有些年代了。這本密碼本沒有密封包裹，受潮後有些字跡都不清楚了，看來主人並沒有用它的打算。

1949年後，成化寺破敗了，只有孫昌林一家長期居住於此，孫昌林首先被作為嫌疑人接受了審訊。孫昌林堅決否認是他埋藏了這些間諜物品，追問之下，說出了他的兄長孫昌江曾在寺中住過一段時間。於是，警察很快又提審了孫昌江，案情就此明瞭。

孫昌江少年時代便流落他鄉，在福建當過海匪，還混了個頭目，因為海匪內訌火併，孫昌江這幫人被殺得七零八落，只有他孤身一人逃出匪巢，於是，他便向當局自首舉報，帶著大批軍警前往海島剿匪以報前仇。由於有熟知內情的孫昌江帶路，這股多年來令當局頭疼的海匪終於被一掃而光，這樣一來，孫昌江不但將功抵罪，還立功受到褒獎，被吸納為一名便衣警探。

不久，新政府成立，福建即將被接管。這天，上級把孫昌江單獨叫到一間密室，由一個上校交給他祕密任務：由於他為人機警，長年不在河山，在家鄉沒有人知道他的底細，讓他返回河山潛伏，回到河山後，要按要求在某時某地留下特別的標記，到時會有人來用暗語和他聯繫，等那個人來後，把這些東西交給他。上校說完，交給他一個木盒，裡面放著左輪手槍、子彈、密碼本，還交給他一個皮箱，裡面藏著一臺美製無線電發報機，另外發給黃金十兩作為他的潛伏經費，並當場宣布他正式加入「保密局」，軍銜為陸軍中尉。上校最後威脅說：你以前當海匪的證據都掌握在我們手裡，你身上可是背著好幾條人命的，如果你不按我們說的做，我們就把你當海匪的證據公開，你就是死路一條。

孫昌江雖然是草莽出身，但人卻不笨，他內心是一百個不願意接受這個要掉腦袋的潛伏指令，但不能表現出來，否則自己死無葬身之地。他當即表示同意潛伏，並偽裝出一副臨危受命慷慨激昂的樣子，然後接受了短期的諜報訓練，領了東西回老家。

孫昌江回到河山時，這裡已經被新政府接管了。他按照軍管會張貼的布告，前往警局登記了其舊警察的資歷，畢竟這段資歷很短，而且也可以查到，只要沒有劣行新政府是不會追究的。他說，長年漂泊在外，思念故鄉，現在想回來謀一份自食其力的工作。但是，他卻隱瞞了特務身分。因為他知道「保密局」的厲害，擔心如果選擇自首的話會遭到「保密局」方面的密裁。

孫昌江回到闊別多年的家鄉，沒有住的地方，就暫住在弟弟孫昌林的寺廟內。雖然成化寺曾短期作為野戰醫院，但大軍很快就南下了。寺廟年久失修，山門上的紅漆斑駁脫落，四周的粉牆風化出片片坑窪，連大殿也被拆掉了一半，一片破敗景象，香火凋零，山門除了每月的初一十五照例開啟之外，平時一直是緊閉著的。寺廟裡已經沒有和尚，挺清淨的，有利於隱藏。他偷偷在寺廟的牆壁修了個夾層，把裝著左輪手槍、子彈、密碼本的木盒放了進去，裝著無線電發報機的皮箱則於深夜沉入河底，黃金當然是自己留下了。

孫昌江沒有按上級的要求在規定的時間地點留下標記等待聯繫，但也沒有把密碼本付之一炬，遠走高飛。他有自己的小算盤：貿然聯繫太危險，說不定哪天就被逮住了；但他也心存僥倖，希望哪一天真的反攻成功，到時自己上交密碼本就是潛伏功臣，可以享受榮華富貴，至於為什麼沒有與組織聯繫，完全可以編造理由搪塞過去，說不定到那時那個負責聯繫的人早就一命嗚呼了。

那個扔到河裡的裝著無線電發報機的皮箱，在50年代初就被漁民打撈出來並上交了警局，因為一直查不到是誰丟棄的，就成了一樁不大不小的懸案。

這些藏在寺廟的東西，孫昌江從來就沒有動用的念頭，也沒有組織的潛伏人員來找過他。50年代，政府大力提倡勞動和勤儉、互助的社會風氣，一派欣欣向榮的景象，受此感染，孫昌江倒也樂於過普通人的太平生活，在農機廠當了一個倉庫管理員，娶妻生子，安心工作。這麼十多年下來，連他自己都快忘記了當年還有過這麼一樁事。誰知成化寺被這麼一炸，讓他徹底告別了以前的平靜生活。

孫昌江因此被戴上手銬押進警局盤查。雖然他曾經當過悍匪，但歲月早已把他內心的稜角磨平，此時人到中年，有家有小，面對寫有「坦白從寬，抗拒從嚴」標語的監獄高牆，他不敢有絲毫隱瞞，把自己當年在福建當海匪、後來接受「保密局」分派的任務等等，一一如實供述。他坦白說，雖然自己接受過「保密局」的潛伏命令，但回到河山後一直安分守己，從未進行過特務活動。

審訊人員要孫昌江交代誰是當年與他聯繫的特務，這個他卻答不上來，他確實沒有見過這個人，這是實話，但不交代審訊就不會停止。沒日沒夜的偵訊，孫昌江身心都處於崩潰的邊緣，簡直生不如死，萬般無奈之下，只得捏造一個人來充當這個「接頭人」。這個人當然不能是活著的人，否則一對質，當場就揭穿了謊言，也不能是虛構的，否則查無此人，自己還是不能過關，那是誰呢？他忽然想到了韓世達，韓世達是惡霸之後，後來「潛逃」不知所蹤，韓世達 1949 年至 1950 年期間幾次來過成化寺，此人喜歡下棋，和自己還對弈過好幾盤，彼此有所了解。因為韓世達「潛逃」，無法對質，這個謊言應該沒有什麼漏洞。於是，經孫昌江之口，韓世達就成了特務。審訊人員大為興奮，以為發現了重大線索，成立了專案組，加大審訊力度。到了這一步，孫昌江已是騎虎難下，只得發揮想像力，憑空編造了一個代號「黑薔薇黨」的「保密局」特別行動組，韓世達是組長，他是組員之一，至於這個潛伏小組的具體情況，因他是外圍成員，並不了解。隨後，孫昌江被判處有期徒刑15年，妻子為劃清界限帶著孩子和他離了婚。但這個案子沒有就此了結，專案組又翻出十多年前韓世達「潛逃」一案的案卷，將可疑人物一一列出，經辦此案的敖文年當年因為提出韓世達並非潛逃的主張，而被認定是「黑薔薇黨」成員，是偽裝成警察人員的特務，其目的是混淆視聽，放煙霧彈掩護韓世達畏罪潛逃。曹炳生因為站出來替敖文年等人辯解，也受到牽連，丟了工作。在那個不講法制的荒唐年代，包括韓世達當年的同事、鄰居乃至經辦此案的警察等等，都被一一檢舉，互相揭發。此案前後牽連了一百多人，搞得人人自危，有的人經不起恐嚇為求自保就只好瞎指認，胡亂揭發，這麼大肆折騰一番，十多人被定了罪，成了子虛烏有的

「黑薔薇黨」成員，十幾年後撥亂反正，經重新審理，確定這些人都是被冤枉的，這才為這個荒唐的案子劃上了一個句號。

孫寶章說完這些，嘆息說：「這個冤案由我伯父而起，牽連這麼大，你祖父因此去世，真是萬分抱歉。」

曹元明頗為感慨，當法制不存在時，個人的尊嚴和生命的保障將無從談起，爺爺這一輩人的悲劇，但願永遠不要重演。他說：「不能把責任都推卸到孫昌江一個人身上，他和我爺爺一樣，都是那個時代的受害者。」

孫寶章有些哽咽地說：「聽了你這番話，我伯父、我父親泉下有知，會感到幾分寬慰的。伯父出獄後開始吃齋念佛，每當想起這段往事都十分痛心，佛家是不許打誑語的，他誣賴好人，造下了好大的孽業，遭了現世報，就怕來世還遭報應啊！我替他向你賠不是了……」老人眼角噙淚，顫巍巍地站起來，鞠了一躬，曹元明趕緊將他扶住。

曹元明想：「這麼看來，『黑薔薇黨』一案完全是臆造出來的，它和韓世達失蹤一案相隔十多年，二者並沒有實質性的關聯。」

雖然曾問過孫寶章有關韓世達的情況，他對此似乎了解不多，但曹元明仍不死心，又問：「韓世達來成化寺遊玩，有沒有說過什麼奇怪的話，或者發生過奇怪的事情？」

經過這麼一番談話，孫寶章和曹元明頗有忘年之交的感覺，他細細回想，說：「我清理過伯父和父親的一些遺物，其中有幾件東西是韓世達拜訪寺院留下的禮物，你要不要看看？」

原來，孫昌江的妻子早就和他離婚，孩子也不和他來往，他晚年淒涼，死後由姪子孫寶章打理後事。孫昌江誣陷過韓世達是特務，他和弟弟孫昌林在臨終前對此都耿耿於懷，感到非常對不起韓家，把多年前韓世達留下的那些小禮物收藏好，希望有一天交還給韓世達的後人，以略表歉意。孫寶章雖然見過韓觀樵，但韓觀樵身為大公司的總裁、寺院的金主前來參觀，隨從前呼後擁，孫寶章不過是個老廟祝，又涉及這段尷尬的歷史，實在不便拿這些瑣碎的小東西去打擾他。當下孫寶章請曹元明過目，並請他轉交韓世達的後人。

這些小禮物被綢布包裹著放在一個老式的衣箱中，裡面有：幾枚民國初年發行的元年大洋，朽爛的檀香扇，幾件瓷器，一個暖手的銅爐等等，都是六十多年前的舊物，也都是當時常見的日用品，沒有什麼特別的。

孫寶章有些遺憾地說：「本來韓居士還送過幾部經書給寺廟，但後來都被燒掉了。」

曹元明發現這些舊物中有個小盒子看上去比較新，似乎不像60年前的東西，便拿了起來，見這是個桃木做的盒子，盒子上寫著「鐮光寺」三個字，盒子漆得很漂亮，紋飾美觀，但感覺風格不像是中國的東西，打開一看，只見裡面放著一串陳舊的紫檀佛珠。

孫寶章說：「這串佛珠是韓世達當年贈給我父親的，因為有些破損，我後來就拿這個盒子裝了起來。」

曹元明順口一問：「這個盒子是怎麼來的？」

「是一個來河山旅遊的日本遊客留下的，他想到成化寺拜謁，但來到石橋的舊址時，寺院早就不在了，他很感慨。導遊知道我家原先是看守寺院的廟祝，就把我找去，那個日本人就把一串佛珠連同裝佛珠的盒子送給我了。那是1980年代的事了。」孫寶章晃了一下自己手上戴的佛珠，「喏，他送的就是這串珠子，這個盒子空了，反正原來就是裝佛珠的，我就拿它裝了韓世達留下的佛珠。」

現在的成化寺建於黃草坪，是近十年的事了，原來的成化寺「文革」時被拆毀。曹元明心想：「看來，那個日本人應該很早就到過河山，知道成化寺的原址。」他把盒子放回，準備把這些東西都交給韓吟雪。

曹元明正想打電話給韓吟雪，這時，陶鴻的電話來了：「元明，你回河山了嗎？」

曹元明說：「回來了，有事嗎？」

「你師母身體不舒服，可能是膽囊炎又發作了，你帶她去醫院看看。」師傅有些著急。

曹元明立刻趕到陶鴻家，只有陶師母一個人在家，他知道師傅一定又在忙案子，問：「海剛去哪裡了？」

陶師母臉色慘白，連連搖頭：「不要提他，這個逆子，就知道氣我！」

曹元明不敢再問，把師母送進了醫院。這時，已經是晚上了，他想找鄒衍，但電話又打不通，這樣的事常有，他也不以為意。

師母吊完點滴，腹痛大為緩解，陶鴻匆匆趕來，神情疲憊，曹元明送師傅師母回家，安頓好師母，問陶鴻：「師傅，又發生大案子了？」

陶鴻說：「就在昨天晚上，一個幼稚園老師在市區神祕失蹤了。」

曹元明有些吃驚：「神祕失蹤？」

在監視器密集的現代化城市裡，從刑警嘴裡說出「神祕失蹤」這幾個字是多麼不可思議。

「是啊，就像風消失在空氣中一樣，無影無蹤了。」陶鴻的話裡，透出了無奈。

曹元明問：「一點線索也沒有？」

「有線索，但等於沒有。現在初步推斷，有人用偷來的車綁架了這個老師。」陶鴻往房間看了看，見妻子已經安睡了，低聲說，「說來也真巧，失蹤的老師就是海剛以前交往過的那個女孩。」

曹元明想了起來，陶海剛相親時認識了一個美貌的幼稚園老師，拚命去追，但那個女孩嫌他工作不好，家裡沒錢，沒房子，兩人沒相處多久就分手了。他喃喃地說：「一波未平一波又起啊！這湯小雯的案子還沒破，又出現這麼個失蹤案，今年可真邪門了。」

「臧隊長成天罵髒話，也說今年撞了邪了！從市立醫院挖出一具幾十年前的白骨開始，案件就接二連三，打砸醫院，殺人，失蹤，什麼事都出來了。」陶鴻點了一支菸，說起了這個失蹤案的奇怪之處：

失蹤的幼稚園老師名叫鄧鬱薇，23歲，長得很漂亮，在城南幼稚園工作，她經常喜歡在網路上貼出自己的照片，以及自己去了哪裡，位置在哪裡，甚至是自己在做什麼。她的最後一則留言是昨晚9點28分發出的：「我在旺角茶餐廳，餐廳環境很好，菜的味道不錯，可惜只有我一個人，好孤單。」然後，就沒有她的消息了。她整晚沒有回家，父母還以為她在朋友家過夜，今天一早她沒上班，電話打不通，園長和家屬趕緊把她所有的朋友都問了一遍，朋友都不知道她的去向，就報警了。

鄧鬱薇的交友圈很簡單，現在也沒有男朋友。巧的是，旺角茶餐廳就在城南分局旁邊。警方接到家屬報案後，就在附近查詢周圍的監控錄影，發現了綁架她的嫌疑車輛，但透過車牌找到車時，才知道這是偷來的車，偷車的時候，沒有目擊者，而且是鏡頭死角。警方發現車子很乾淨，沒有留下指紋。綁架女孩的時候，顯然沒有使用暴力，女孩是被他騙上車的，如果他動用暴力，周圍的人就會對他產生印象。騙女孩上車的地點，也是鏡頭死角。毫無疑問，在事發之前，犯罪嫌疑人已經多次勘查，專挑監視器死角下手。

透過電信公司，警方查詢到了一條線索：有一個手機帳號經常瀏覽這個女孩的網站內容，雖然他巧妙地刪除了紀錄，但是這些紀錄是可以被追查到的。同時，某個網路帳號也經常瀏覽這個女孩的貼文。於是，警方將這兩個帳號所用的裝置進行比對，發現是同一隻手機，而且，在女孩失蹤之前，這個手機又曾經瀏覽過女孩的最後一條貼文。於是，警方想透過這個手機裝置的編號找到購買人。但這個手機是來源不明的水貨，帳號都是假名註冊。而且現在該手機已關機，查不到位置。應該說警方的效率很高，案發後十幾個小時內，該查的東西都查了，但整個犯罪過程滴水不漏，沒有留下任何可用的線索——這是一起精心策劃的高智商犯罪。

說到這裡，陶鴻又點了一支菸：「我接到報案，首先就擔心海剛。這混蛋小子最近十幾天都沒回家，是不是被人甩了之後，腦袋轉不過來就亂來，結果一問，昨天晚上他和幾個朋友整晚打麻將，有好幾個證人，我這才放心。我讓他媽打電話把他叫回家，幾句話一說，他跟他媽又吵了起來，把他媽氣的老毛病又犯了。」

看著師傅日漸蒼老的面龐，曹元明心裡真不是滋味，可憐天下父母心，可是又有多少兒女真正懂父母心？

翌日，曹元明去了城南分局刑警大隊，全隊正召開緊急動員會議。

會議上，臧進榮拍著桌子說：「今天大清早，郭局長就把我叫過去，指著我的鼻子說了，不查出這個案子，停發我薪水。我說，查不出，乾脆把我一棍子敲倒，直接拉火葬場得了。」

教導員杜峰把郭局長的話原原本本地複述了一下：「今年年初，市政府在全市展開治安整治行動，關鍵在於『防』字，希望做到防患於未然：不發生涉槍及殺人、搶劫及其他刑事案件；不發生重大治安災害事故；警隊不發生違法違紀案件。我們還大言不慚地說，這次整治成效顯著。現在倒好，前不久的凶殺案還沒破，現在又來了一個活不見人死不見屍的失蹤案。案子不破，我們還有臉穿這身制服嗎？這個案子就發生在離城南分局不到 100 公尺的餐廳，說句不好聽的話，罪犯放個響屁你們都聽得到，我就找你們城南分局要人！」

臧進榮板著臉訓斥：「郭局長找我要人，我呢，只能算到你們頭上。案子查不出，扣薪資，甚至進火葬場，我都認了！」

接著杜峰又講了幾點，無非一是宣布成立專案組，二是說明案情，三是請眾人「群策群力」分析這個神祕的失蹤案。經過會議討論後，對犯罪嫌疑人做出如下推理：

一、此人家庭穩定，收入也不錯，有閒暇時間。

二、有駕照，經常駕車，因而在作案時，將車作為作案工具，表現得非常自信。

三、偷車技術嫻熟，具備反偵察意識，行動力強，喜歡研究刑偵知識，很可能懂一些技術。

四、此人相貌頗佳，言談不凡，穿著體面，因而能輕易騙得女孩上車。

五、此人為單身，或與妻子長期分居，可能有多處房產，以便藏匿受害者。

六、此人日常工作生活中做事謹慎小心。

可是即使有著這樣的推理，在這樣一個近百萬人口的城市裡，想要靠這個來找出嫌疑人，不啻於大海撈針。

會議開完，大家立刻展開行動。

曹元明對臧進榮說：「臧隊長，我回來了，分派任務給我吧！」

臧進榮看了他一眼，一言不發地走了。

曹元明站在那裡，跟上去不是，走也不是，尴尬不已。杜峰走了過來，低聲對他說：「你的調令下來了。況且，你還在休假，還是回家休息吧！」推了一下他的手臂，「回去吧！」

曹元明苦笑了一下，拖著沉重的步伐回了家。

汪敏正在廚房忙，「咚咚」的歡快切菜聲表示她心情不錯，見曹元明回來了，圍裙都不脫就跑出來，一把抱住了他：「從警局回來了，調令看到了嗎？」曹元明點了點頭。

汪敏高興地說：「今天我做了你愛吃的魚香大蝦，還有蘑菇雞湯，我們好好慶祝一下。」忽然發覺他臉色鐵青，「怎麼了？是不是同事給臉色了？別管他們，過幾年，看誰給誰臉色！」

曹元明煩躁地說：「妳懂什麼呀！」

汪敏一聽這話，臉就拉了下來：「你別把氣往我身上出，我可沒惹你啊！」

曹元明倒在沙發上，過了半晌，說：「汪敏，我不想離開刑警隊。」

汪敏一聽跳了起來，話就像機關槍一般噴射而出：「你腦袋進水了，開這種玩笑？為了這個調令，我姨父費了多大的功夫，你要不調，我媽還有臉見他嗎？還有我們這個家，你就一點不為我和孩子想想？以前不是說好了嗎？一個大男人，想反悔就反悔？自私，無賴，卑鄙！」

曹元明被她劈頭一頓罵，氣也上來了，說：「妳還是個老師，怎麼這麼口無遮攔。我不是在跟妳商量嗎？」

汪敏氣鼓鼓地說：「這件事沒得商量！我早說了，你要是不離開刑警隊，我們就離婚！」

曹元明回了一句：「別動不動就拿離婚做威脅，又不是小孩子！」

汪敏問：「你這個態度是跟我商量嗎？你是已經決定了吧！」

曹元明不答，默認了。

汪敏抹了一下眼淚，嗚咽著說：「我這輩子跟了你，真是一場悲劇，什麼事都沒辦法依靠你，上次學校評鑑，你不是有老同學在教育局嗎？讓你找他幫忙，你就是不開金口，結果年資比我低的都跑到我前面去了……這些我都忍著，不求你幫我，沒有想到為你做點事都這麼難。這樣的日子，我煩透了！」她把圍裙摘下，使勁往地上一扔，轉身進了臥室，「砰」地一聲把門鎖上，任憑廚房裡炒鍋「吱吱」冒煙。

晚上，曹元明約了韓吟雪出來，把韓世達當年留在成化寺的遺物交給了她。兩人在芳草湖邊的長廊裡見了面，邊走邊聊。曹元明談了這段時間追查的一些情況，沒有什麼大的進展，因此談得很簡短，而且，韓世達和袁素的這段情緣，曹元明略過不提，兩位當事者都已不在人世，再提這些沒有什麼意義，沒有必要去破壞韓老太太心目中一直完美的丈夫形象。

韓吟雪靜靜地聽完，說：「湯小雯被殺的案子，有進展嗎？」

「妳怎麼知道這個案子？」

「前些天都在傳這個案子，還沒有頭緒是嗎？」

曹元明無奈地點點頭。

「現在又出現了幼稚園老師失蹤案，而且，這個案子偵破的希望也很渺茫，是嗎？」韓吟雪對河山市的警察們在忙些什麼，一清二楚。

曹元明說：「也不能說偵破希望很渺茫，偵查工作剛剛開始，只能說，有一定難度。從某種程度上說，這個失蹤案，和妳爺爺當年的失蹤有些相像。」

「你是說，這個失蹤的老師，也像我爺爺一樣被殘忍地分屍了？」

「不，我不是這個意思。我是說，這是又一起『完美』作案。」

「什麼叫『完美』作案？」

「所謂『完美』作案，就是指不留下任何一點證據，同時也保持著對受害者的絕對控制。以你爺爺的案子為例，他被害後，只有呈報人口失蹤，但是沒有發現屍體，也沒有受害者去哪裡的具體消息，事前沒發現受害者與任何人有過聯繫。這樣的案子很難偵破。」

韓吟雪淡淡一笑：「都是藉口。」

曹元明覺得她的情緒有些低落，問：「妳怎麼關心起這幾起案子來了？」

韓吟雪說：「湯小雯被殺，還有這個幼稚園老師被劫走，都是在全市警察的眼皮子底下發生的，尚且無法偵破。你以前所說的『傳統式破案』，一點效果都沒有。我爺爺的陳年舊案，看來就更加沒指望了。警察的能力，實在有限。」她頓了一下，略帶譏諷地說，「我倒希望這三個案子都是一個人做的，或是有關聯，讓你們舉一反三，這樣你們破案才方便。」

「相差幾十年的案子，怎麼連繫起來？」曹元明覺得韓吟雪的話有些不近人情，每個案子的情況都是千差萬別，警方何嘗不想立刻破案呢？他不想多解釋，只是說：「只要案子沒破，我們都不會停止努力。」韓吟雪不再說話。

兩個人沉默地走了一段路，曹元明把韓吟雪送到了家，韓吟雪抱著韓世達的遺物，說：「不管怎麼樣，我們家都很感謝你的辛勞。」向他鞠了一躬。

曹元明說：「別客氣，我說了，這不單單是妳家的事。」

韓吟雪點了點頭：「對，也是你家的事，不但關係到你爺爺，還有你的太太。」

「我太太？」曹元明一怔。

韓吟雪微微側頭：「你看。」

曹元明回頭一看，順著韓吟雪的眼光望去，發現遠處的樹下站著一個女子，定睛一看，是汪敏！自己居然一直沒有察覺，反倒是韓吟雪注意到了她在跟蹤，曹元明頓時感到尷尬無比。

韓吟雪似乎一點都不以為意，朝他嫣然一笑，擺擺手：「晚安。」飄然進了門。

曹元明向汪敏走去，汪敏雙手抱胸，靠在樹上，冷冷地望著他。

曹元明問：「妳怎麼來了？」

汪敏冷笑一聲：「跟你夫妻這麼多年，你那點心思，我能猜不透？」說著自嘲一笑，「當警察的老婆有個好處，就是可以學會怎麼跟蹤，怎麼追查。」

曹元明說：「妳誤會了，我和她只是普通朋友，是案子……」

「夠了！」汪敏發出一聲河東獅吼打斷了他，臉漲得通紅，夜宿枝頭的鳥兒也被驚飛了。不等曹元明接著解釋，她又像連珠炮似的叫了起來：「我說你怎麼最近心神不定，腦子進水。我就納悶了，你不是休病假嗎？有什麼好忙的？原來不是腦子進水，是撞桃花運了，忙著和別的女人幽會呢！你剛動手術，就這麼急不可耐，你可真行啊！攀上個有錢的大美女，比我這黃臉婆強多了！當初我是瞎了眼，沒把你這個見異思遷的流氓認出來！」

曹元明站在那裡任由她發洩，問：「妳說完了沒有？」

汪敏狠狠地瞪了他一眼：「完了！但我不想聽你任何解釋！不要再見你！」說完轉身而去。曹元明一把拽住她，她用力甩開，快步奔進夜幕之中，只留下曹元明和他長長的影子在原地……

電子書購買　　爽讀 APP

國家圖書館出版品預行編目資料

本案無法終結——白骨謎案：在時光的縫隙中追尋真相，每一段回憶都是解開謎團的鑰匙 / 肖建軍 著 . -- 第一版 . -- 臺北市：複刻文化事業有限公司 , 2024.08
面；　公分
POD 版
ISBN 978-626-7514-44-3(平裝)
857.7　　113012069

本案無法終結——白骨謎案：在時光的縫隙中追尋真相，每一段回憶都是解開謎團的鑰匙

臉書

作　　者：肖建軍
發 行 人：黃振庭
出 版 者：複刻文化事業有限公司
發 行 者：複刻文化事業有限公司
E-mail：sonbookservice@gmail.com
粉 絲 頁：https://www.facebook.com/sonbookss/
網　　址：https://sonbook.net/
地　　址：台北市中正區重慶南路一段 61 號 8 樓
8F., No.61, Sec. 1, Chongqing S. Rd., Zhongzheng Dist., Taipei City 100, Taiwan
電　　話：(02) 2370-3310　　傳　　真：(02) 2388-1990
印　　刷：京峯數位服務有限公司
律師顧問：廣華律師事務所 張珮琦律師

定　　價：375 元
發行日期：2024 年 08 月第一版
◎本書以 POD 印製